當世界越老越年輕

（張讓）

玻璃、化石和傳送

張讓

這次原不打算寫序，覺得沒有必要。擋在讀者和作品中間，做什麼呢？是門鈴還是屏風？不該一打開書像打開門，室內風景就迎上來嗎？

當然，一般的序是有作用的，一在引路，二在遲延閱讀。但我懷疑有引路的需要，遲延可能也不必須。開門見山不是很好？

整理稿子時面對這些舊作有些驚訝，於是決定還是寫個序，短短就好。

驚訝先來自前後文字儘管形式在變，都不離幾個主題：意義、時空、虛實和美感。不管我往哪個方向跑得多遠，最後總會撞上它們。

有處寫到生活如玻璃籠，我確實是生活在由這幾座山頭圍起的透明牢裡。在這牢裡我看大事小事，或鑽研議論，或一兩句間捕捉驚奇，注意到戰事和文明，也不錯過小鳥和豆芽。

英國作家比雅特的新作《黑色小書故事集》裡有篇〈石女〉，講一個女人在母親死後逐漸化成了岩石。故事幾乎不帶恐懼，敘述女主角全身一點點結成燦爛晶石而血液變成金色岩漿，成爲一具活彫像，最後她在寒冬前夕走進了冰島的山裡。我無意去追尋故事的寓意，單覺化石的過程有趣。成長，我以爲便類似結晶化石的過程。有時我幾乎驚恐覺得自己已經硬化，趨近化石了。但比雅特的女人變成晶石並不是失去也不是死亡，毋寧是回返大地，重新融入自然，帶著民間傳說的神秘美感。

驚訝又來自陌生——我幾乎忘了許多自己寫的東西，不只是內容，還有寫法。而且雖然各篇間常相回響，但有不同的語氣音韻，明度彩度也不同。在我以爲自己已經遊牧到了新天地，那山水卻大同小異。在我以爲自己已夠冷靜平淡了，卻又發現意外的激切濃烈，無隱到近於自危的程度。像兩年前的〈今年春天多雨〉，呼應寫於九年前的〈在一個醒來的夜半〉，只不過早先的豪情浪漫退敗成了傷感和憂懼，但還不至於犬儒。這份驚訝，讓我知道自己的血還溫熱，我畢竟還沒變成化石，還在演化。

玻璃和化石之外，無需多做說明。文字做的是傳送，希望這些文字向內傳送到感情深處，向外傳送到無盡時空，希望我的驚奇也是你的。

卷一

慢

1

早餐後，泡了咖啡，放上蕭邦的〈夜曲〉，迫使自己慢下來。在咖啡香和鋼琴聲裡，逐漸，空氣分子減低高速旋轉，開始沉澱、透明。終於我靜止到可以看見自己，開始思想。

我似乎不再知道慢的意思。每早鬧鐘將我們叫醒，然後我急忙趕小箏起來，趕他吃早點，趕他穿鞋出門。然後忙過一天，臨睡前對床邊不斷增高的一疊書，恨不能身外化身。然後睡夢中，可憎的鬧鐘已經宣布另一天開始。

忙，時間永遠不夠用，即便休閒也帶著義務和匆忙。於是等待週末，等待假期。然而週末和假期還是匆忙，腦袋擠滿了計畫，時間擠滿了事件。於是嚮往空白，嚮往慢。那種古蔭悠長負手閒步的慢，話在唇齒間停留，水在紅泥小火爐上燒，紙上墨漬猶未乾。

重點在那「猶」字：遊刃有餘，即是海闊天空。

2

汽車喇叭大噪，飛機轟過頭頂，搖滾樂震耳欲聾。

從我們的桑德堡街出門便是條大馬路，繁車咻咻而過。北邊高速公路上車輛飛馳，夜色裡車燈如流，小箏說像火山岩漿。不久前他才是個嬰兒，渾身乳香，輕易便嵌在懷中。現在他騎腳踏車飛過街，和鄰近小孩去冒險做壞事，固執己見像齒牙動搖的老頭。

爲什麼有時嘆息時間太慢？時間之快已不止是陳腔濫調了。用微波爐熱東西，以秒計時。二十秒的電視廣告，可以壓縮兩小時電影的內容。電腦傳信，頃刻可到。節奏壓縮時間，幾星期的事想起來像世紀以前。前天做了什麼？想不起來。前天是三十六小時、兩千一百六十分鐘、十二萬九千六百秒以前，太久遠了，難怪小箏很久以前和不久以前老搞不清。

3

昆德拉的小說《緩慢》寫：「爲什麼不疾不徐那種閒適之情不見了？啊，從前那些從容漫步的人哪裡去了？民謠裡那些四處漫遊的英雄、那些從一個磨坊到另一個磨坊後夜宿星空之下的浪子哪裡去了？」

春假時，我們走九十五號高速公路南下，在速限七十哩的路段塞在時速六十的車後無法超車，叫苦連天：「南方人不懂開車規矩，慢車也要霸住左線道不讓！」想像孫悟空受的罪：明明可以一朵雲把師徒龍馬瞬間送到西天，卻得徒步熬過一百回。只有在那時代才可能。

當代最大反諷是：省時機器越多，時間越少，人人越疲於奔命。可以想像嗎，中世紀歐洲，一年平均有一百一十五天假？而現代人度假從機場趕赴機場，從目的地趕赴目的地，飢不擇食，慌不擇路。麥當勞賣的不是飲食，而是時間。

要慢，只有回頭讀古典長篇。光那些字堆起來就是時間。

朋友在電話上說某本散文：「文字慢得不得了，讀起來好不耐煩……」

他的意思是那慢極其造作，因爲那種駐足三嘆、俯仰浮沉的時代已經不存在了。

所以大家說話快如放槍，連喘息的時間都沒有？
我壓低聲音，放緩節奏。慢，我告訴自己。

小丑之夜

下午近四點，前門鏘一聲，然後友箏聲音說：「媽咪，我到家了！」每聽到他那一句，我就想到大梧和白朗黛漫畫。

友箏到家後，必先腳步咚咚咚奔到廚房找零食，再咚咚咚奔到他房間，然後聽到撕開包裝鋁箔紙袋的聲音，接下來就悄無聲響了。不用看我也知道，他又蹲在地上邊嚼餅乾邊看他百讀不厭的《卡文和霍布斯》漫畫了。有時我不信，特到他門口查看，果然，小傢伙或蹲或坐或趴在地上看漫畫，不時哈哈大笑。

友箏有個本事，同樣笑話聽一次笑一次。我們不需要欣賞他那些幼稚的笑話，只要看他那張笑臉就夠了。他的臉，像他的《卡文和霍布斯》漫畫於他，我們總看不厭。從他出生到現在，我們生活裡最漂亮最接近神聖的東西，就是他睡著以後的臉。即使沒有信仰的人，也可以在這樣一張臉前祈禱，感謝上蒼天下竟有這樣甜美可愛的東西。

不用說，我們是典型的癡心父母。我們古老的基因裡，黑白分明寫著自然界最美麗的神話。曹雪芹說癡心父母古來多，我要等做了父母才知自己也不例外，額前一清二楚鑄了「癡心」兩個大字。那意思是前一秒才氣得要擰斷小孩脖子，後一秒就柔情萬種像個爛桃子。沒有比做父母更沒尊嚴的職位了。

我一旦氣起友箏來，他錯豈只成千上萬。有時他一件小錯觸開我的閘門，那新仇舊恨便傾瀉而出，煞也煞不住。友箏低頭假裝受過，在我的聲浪裡雲遊四海，忽然我衝他一問：「你說爲什麼！」他不答，滿臉無辜。我氣上加氣，嘴下狂飆，忽然掉出自己都驚豔的妙喻來，邊罵邊想：要是演講像罵兒子一樣流利就好了。我罵得辛苦，但友箏要不是呆若木雞，就是委屈掉淚，不然是我的譬喻飛來一線天光，他先眼睛笑，然後掩嘴偷笑，到忍不住放口大笑。有時，連我也笑起來。

做父母的各有酸甜苦辣，這罈子不能打開。我每隔一段時間就盡責播放刺耳之言：你好吃懶做，房間亂，書包亂，走路彎腰駝背好像敗兵，字也彎腰駝背歪歪倒倒，功課和成績亂七八糟，整個人從頭到腳從裡到外邋遢一團……等等。你要不要改？還是要做個懶蟲？要改，友箏說。他也很盡責，說過的話從不算數。於是這場戲一再重演，友箏的過失越積越多，耳朵裡老繭越結越厚，我額前那「癡心」兩字越刻越深。

一天友箏放學回家，說需要小丑裝，第二天他們五年級的小丑歌唱劇演出要。於是晚餐後，我們乖乖出門去買戲服。第二晚友箏穿戴好，果然是個漂亮小丑，我乘機照了幾張相，收起相機，便開車到學校。離開演大約還有半小時，體育館裡已滿是家長，煞有介事等候。終於小丑進場，各式各樣，一個個五顏六色，腳步踏踏，笑聲嗡嗡，全場立刻活潑起來。除了兩位女生獨唱好，整個演出糟得可笑。而在場父母無不聚精會神，時時熱烈鼓掌，鎂光燈不斷閃亮，好像面對全世界最精采的表演。

我們眼光不由自主，一直追尋友箏，而他既沒有台詞也沒有獨唱，只是一大群荒腔走板合唱的小丑中的一個。如果友箏不是演員，這種戲倒貼我也不來看。可是因爲他，我們會一次又一次，忠心耿耿地捧場。

滿室小丑，但不是那些穿戴五彩繽紛的小孩，而是台下癡迷含笑的父母。

豆芽美學

再一次我買了豆芽，發現自己傍晚時分又站在窗前摘豆芽。拿起一條摘掉黃棕色的根，再拿起一條，不斷重複。一整只洗菜盆裡，上下縱橫交錯重疊，揀了許久都不見減少，簡直不下有千萬條豆芽。撿起，摘斷，一聲箏似的脆響，污鬚沒有了，出現了一條潔白如玉的神品。再撿再摘，同樣樂聲脆響。我耐心一條揀過一條，近乎強迫的重複又重複。在那耐心背後，有份蠢蠢欲動的厭煩，腿亟欲自行走掉留下上半身去浸淫蠢行。何必挑剔？哪有時間來這樣浪費？不揀連根丟到炒菜鍋裡裝盤不照樣吃了，白費這份工！是的。但我腦裡有幅景象：橫斜無心的白玉豆芽，配幾條嫩蔥絲，裝在白色或淡綠色的淺盤裡，像菠菜豆腐的翡翠白玉板、煙波上的一棹孤帆，是絕美的搭配。這近乎完美的景象讓我以前絕少買豆芽，因爲不願花那時間去摘。偶爾買了就連頭帶尾炒來吃，那不白不黃邋裡邋遢的一盤對我總十分觸目，好像是人格的失敗。於是我幾乎不買豆芽，直到不久前例外買了一袋來，過水瀝乾就下鍋了，晚餐時我面對那潦草一團又覺得刺目已極，但難得友箏愛吃，一人可以吃掉半盤。下次去買菜看見豆芽，想到友箏便又買了。於是一次又一次，我發現自己在寫作之餘，也許是中飯後，也許是黃昏時，像佛教徒面壁參禪，像回教徒面對麥加祈禱，我在廚房面對後院的窗前敬謹地一絲一絲摘豆芽，不爲了友箏，單只爲了一點豆芽潔癖、白玉美學。強壓下轉身欲走的不耐，但除非根本不買，不然別無選擇。就好像癢了非得要抓，文章一字一字挑揀，也是別無選擇。

走過中央公園

那天下雨，我們早上搭巴士到紐約去。星期五，不是週末去逛紐約，而是B爲了找事去和職業仲介面談。不久前他任職的小公司終於倒閉，他加入了申請失業救濟的人群。職業仲介聽來很斯文，俗稱是人頭獵人。那天我們去紐約，實際上是去送人頭，明知就算以黃金托盤遞上，人家還不一定要。蕭條的時代，食物鏈的上游被沖往下游，成百成千的人搶著在針尖上跳舞。無論如何，人頭還是要遞的，遞完恢復全身再到大都會美術館去做文明人。進樓前，在街角看見一名西裝整齊有如政要的老人在擺地攤賣削皮刀，我和B交換驚疑：這人不是什麼企業總裁吧？因聯想到了《紐約時報雜誌》上一篇公司副總裁淪落到GAP做店員的報導。事完，在一家小館裡喝了杯茶，爲了透氣，我們決定徒步。從四十六街北上，過了很多十字路口，穿過摩肩的人群，滿眼巨大耀眼的招牌，滿腔污濁的車煙廢氣，然後在五十九街進入了中央公園。

我們從沒這樣縱穿走過中央公園，尤其不是週末。初夏，下著細雨，公園裡很綠，零零星星一直有人來去。我們順柏油路面的大路走去，一邊辨認路旁一棵又一棵的大樹。大多不認識，以爲知道的讀了樹身上的名牌才發現錯了。雨中閒逛有詩意，但若不是B失業我們不會在這裡流連。這閒是逼來的，詩意隱含了失意。仍然我們暫時在那些無心伸展的樹木間忘記了現實，雖然高樓車聲就在幾步的牆外。經過小動物園，停下來欣賞大水族箱裡幾條上下潛游的海獅。也許我們是誤讀，但牠們看來是眞快活。不遠處一名流浪漢踡縮一團在靠背木椅上睡覺，我們走過，淡淡看兩眼，想：他不怕濕嗎？爲什麼不換到不遠處的橋下？一男一女兩名警察騎馬過來，踢踏踢踏十分神氣。那女警停在睡覺的流浪漢前，拿短棒去撥他，並呼喚男警也過來。我們看了一會兒，流浪漢沒有動靜。他不會死了吧？我們沒等結果，繼續穿過中央公園，一路研究樹名，去大都會美術館看失落的兩河流域古文物展。

快樂理髮店

開車時聽音樂節目，在一式的郊區景觀裡開過了頭，急忙掉轉回到十字路口再右轉進停車場，下了車走過幾步亮晃晃的陽光到理髮店去。店裡冷氣清涼，很熱鬧。火車廂形的空間，頂上日光燈，對立兩邊長牆上都是鏡子，八、九張顧客坐的黑色旋轉椅，沿牆一長條灰藍色靠背椅。我坐下來，眼前厚底軟木拖鞋上是兩條漂亮修長的腿，抬頭看見鏡裡無數遠去的影像，再看那一對美腿屬於拉娜。我總找拉娜剪髮，她來自東歐，說話帶濃厚口音。今天她黑髮剪短了，膚色曬棕了，穿條短褲，露出如少女勻稱的長腿來。她正拿了一枝棒棒糖滿面笑容逗一名小男孩，終於他高興了讓她動剪。旁邊，總是戴了條金鍊子的高大理髮師開始給一名年輕英俊的男客理髮。他們似乎熟識，甚至可能有親戚關係。男客交代要剪成像上次一樣，一模一樣。他說，我太太叨唸了我兩禮拜，天天叫我去剪頭髮，要我戴帽子，因爲受不了我的頭髮。又說，你二十五歲時不覺得年輕，等你過了，覺得二十五歲可眞年輕，我想我結婚太早了。

再隔壁滿臉鬍子的理髮師兼老闆在給一位矮小的人理髮，從背後看不出顧客性別，稀疏的紅銅色頭髮，看得到底下粉紅色的頭皮，偶爾顧客頭偏一點，露出了皺紋如猴的側臉，我依然看不出是男是女。角落上電視在放CNN台，電話響了，接電話的年輕人叫，媽，電話！拉娜停手去接電話，我看那兒子果然有點像她。鬍子老闆的兒子也在這裡當理髮師，拉娜的兒子是暑假來打工。這家理髮店光剪和吹，價錢和店面都平實，是裡面幾名義大利裔的理髮師合夥經營的。我帶友箏來這裡好幾年了，也帶B來，雖然要開一點車。不管什麼時候來總很熱鬧，有大人有小孩，有男也有女，總有人在談笑，好像大家都認識。我到了這裡常不自覺微笑，尤其是看見紮高坐在理髮座上剪刀未落就哇哇大哭的小孩。在單調荒涼的郊區，進到這理髮店有如到了小市場，這裡需求簡單，出門的人總比進門的好看。我坐在那裡等拉娜，想：我長大了要做理髮師。

內部新聞

尋

在小圓桌上擺好兩付碗筷，坐下舉起筷子，慢慢咀嚼粒粒米飯。

陰雨的時刻站在打開的窗前，感覺涼氣滲入，聽垂直百葉落地簾獵獵拍打。

不是抒情

不要看我。這一刻，較諸任何的一刻，不要看我。

不要問我，不要問我任何問題。

我並不困擾，不憤慨，不失意，不不快樂。

我擁有該有的，沒有不該有的。我很正常。

只是不要問我，不要看我，當我悄悄悄悄地，碎成片片。

我很好。

內部新聞

那隱隱的感覺，醒來時便在那裡，在枕頭旁邊陽光背後陰影之處，膨脹如炎腫越來越沉重，在視線邊緣微笑底下拖墜每一時一刻，把彩色變成灰和黑……

某種不潔在延伸，可憎如痰的黏液爬張開來攀附所有表面……

已經失節了，或是，準備好爲出賣明天而整理昨天的履歷，一腳跨前，從時間外走進時間裡，從牆外走到牆內，如夢中失速的跌落……

失去了，不可能再回返的，少許的那點，是什麼？（不，不是年輕。）

……那隱隱的感覺，風雨坐鎮四面八方。

是什麼，那隱隱的感覺？我想給它命名。

又或者，我竟而知道它的名字，只是不願直言，不管是在這裡，或任何地方。

非線性

從相反的方向來到這高度文明。

這是哪裡？

這裡什麼都分析而什麼都不清楚。水泥叢林之外是烏有之鄉。
你不是朋友，我不是敵人，你我不成我們，除非災禍發生。
電線上掛了球鞋。街上人人自言自語。
鏡子裡，你有好幾張臉。
生活緊急，如將要脹裂的膀胱。
我們很老，但卻很少皺紋。

無名的日子

無名是每天的名字。每天是無名的日子，直到一件事給它名字。

醒來不管是另一個陰灰的日子還是陽光白亮，是有天下待征服還是髒亂需清掃，醒來是另一個無名的日子：你無法再以天眞給它命名，將它過成節慶；它已落入平常。你勇敢起床，步入重複昨天、前天、大前天，不知已經重複多少次的重複。入睡前你闔書熄燈，不需回顧，這剛完的一天仍舊無名。你已忘記這日如何開始，做了什麼。還沒入夢而這日已經隱入過去的陰影，成爲某年某月某天的一部分。

時間劃成：現在和過去。過去混成一片，而流沙似的現在也不斷陷入其中。有現在這東西嗎？有的哲學家甚至認定沒有時間，沒有流動，沒有過去現在未來，只有永恆的存在。大江東去逝者如斯，藉水來理解時間要可把握得多。雖然抽刀不能斷流，掬起不能握在掌中，無名的日子周而復始，天行健君子以自強不息。無名而強韌，也許強韌的是你。你勇敢起床，試圖爲新的一日命名。

無名的日子是今天。今天不是開天闢地的日子，不是胎兒出生或揚帆待發的日子，不是開始或完成那本構想已久的書的日子，不是國慶家慶歡欣鼓舞的日子。而曾經有那樣的日子，值得期待值得經歷值得回味。有名有姓的日子飽滿如皮球，輕易便彈得很高。譬如，小學遠足的日子，兒童節，端午重陽中秋除夕，聯考完了，買了新書，還有，約會的日子。那些日子尚未到來就已鑄好「快樂」兩個大字，以那明亮的光輝在前面遠遠引照這暗淡無趣的現在。什麼時候，所有日子都失去了名字，失去了面目。感恩節聖誕節與我何干？不是我的文化。情人節、母親節、父親節？虛假的節日。生日？何必誇張自己！是的，有個特別的日子：母親忌日。那日名：哀痛。

有時你不想起床，好像充滿悲劇。那種讓哲學家嘔吐讓小說家蛻變成蟲的東西，那種無法解決的生之尷尬與焦慮，使想不開和自命不凡的人到處跌撞求解，結果不過製造了大量亂人耳目的文字。你不是那種人，無本事吐氣開聲宣布上帝已死，也沒虛無到貶棄意義將一切流放到符號洪荒，你只是在一個早晨醒來無意識地問這一再重複有何意義這種無聊問題，知道有人每天考慮自殺的方法，知道荒蕪是生活裡必然的元素，不然古今中外人不會終日忙碌製作與大自然較量的東西。甚至，在那個早晨，你不問任何問題，只是單純不想起床，因為另一個無名的日子單純地欠缺吸引你起床的魅力，於是你順理成章沉重地無法動彈，只能躺在床上看天花板。

無名的日子裡分秒內外之間好像也模糊了，如一地打破的蛋。那總在腦中持續不停的獨白，你說出了嗎？也許你已經說了出去，進入對方，但是止於對方的聽覺而未曾超越其上；也許你並未說出。也許那內在獨白始終停留在獨白的狀態，是一種對「發表」的準備，一種你並未說出，或者是一種對自我的催眠。到底說過了嗎？說過了？什麼時候？在哪個無名時，你洩漏了自己？在哪個時分，所有特徵從事物中褪去，一切混沌如萬流歸宗，無名的日子匯成了汪洋？

無名的日子，分秒如蟲屍沙沙落下。直到有一天，什麼事情給了它名字。節氣變換，空中的涼意或柳梢的嫩黃讓你陡然驚醒。大選開票的日子，或驚人的無恥、腐敗、災害，或朋友被捕的消息，或一時無法克服的困難，或面對死亡的恐懼。有時，路人的笑容，或書裡不可思議的句子，免於一天墮入無名之中。一點芝麻芥子的純眞或敏銳，便將這日喚醒：一片顏色，神思忽然迸放如星空燦爛，一個好風好日你有了名字，有了形狀，未知的力量在你裡面鑄成可把握的意義。

有人說人需要藝術來拯救，有人宣稱藝術必須拯救歷史。有人把自己交給神，有人將山水引入自身。你想要拯救現在，拯救無名，你不知道拯救計畫是否可能。立足流沙的現在，你不知如何將日子由遺忘中拯救出來。
也許有一天，當你在笑夢中醒來，那天便有了名字。

文字

1

一部法國片裡的一句話印象特深：「從今天開始我只用鉛筆寫作，一寫出什麼眞話就馬上擦掉。」

事實上我什麼都寫不出來，不管是用鉛筆、鋼筆、原子筆，或是用風用雨用刀槍用電腦，或是在床上、桌上、室內、室外、白天、晚上、安靜或吵鬧——就是寫不出來。不是無物可寫，但寫作面臨的是從這裡到那裡的問題。寫作是搬運文字，是心靈傳送，基本上是交通問題。問題是不管走路、搭車或坐飛機都到不了目的地。因爲沒有交通工具，沒有文字，連一鱗半爪都沒有。

喝咖啡，詳讀報紙，整理桌面、地板、架上無所不在的書。然後到圖書館，到書店去。站在成架的新書前，翻翻這本，又翻翻那本。先找頭一句，然後看看中間，闔上，歸還架上。有的首句如電擊了一下，有的毫無所感。想到面前這些新書的魅力只在剛剛出爐，如此而已。再而想到有一天這些書過時了廉價出售或被人當垃圾丟棄的情景，書裡字句跌成滿地字母。

2

故事一開始是文字。文字在哪裡？文字是蝸牛緩慢爬行中留下的黏液，而蝸牛尚未動身。

與朋友談寫作的節奏問題，點出有節奏才有高低跌宕。任嘴巴自由說去，心裡有數：上篇小說已經是半年前的事了。一種鍘刀將落的危險籠罩當頭，好像亨利・詹姆斯所謂的「樹叢後的猛獸」埋伏暗處準備隨時伏擊。那等候撲躍而出的猛獸是什麼？是精神崩潰的可能？是絕望？殘酷？是老年？死亡？還是恐懼本身？有人說其實是他壓抑的同性戀傾向。詹姆斯沒明說，當然不需要明說。而我的猛獸呢？

愛情語言學

愛情適合以音樂、詩歌與小說表達，換了文只有四字：無話可說。然則想想，這無話裡就有些話。

無話可說，因為愛情和信仰一樣不可言傳，一落文字就變質了。

一定要說，就不免涉及與愛情有關的語言。中文說愛上，又說墜入情網；英文說 falling in love。總之不是上就是下，卻絕非持平狀態。形容戀愛中人，不是意亂情迷就是水深火熱。希臘羅馬神話裡愛是傷人的箭，《仲夏夜之夢》裡愛情是迷藥，《聊齋誌異》裡的愛情跨越人獸與陰陽。不管如何定義，愛情是個讓人腦袋發昏的東西，「為伊消得人憔悴」，把人推到剃刀邊緣，欲死又欲生。

人常沾沾自喜是萬物之靈，從生物學的角度，則人只不過是個繁複的生殖機器，是造化自然給生物繁殖本能的神奇包裝，而愛情不過是 DNA 裡交尾生殖的無上指令附加的快樂誘因。換言之，愛情可說是幻覺，是性荷爾蒙引發的夢。

曾有個年輕朋友問我：爲什麼愛情往往因了解而分開，既要分開又何必當初？我絕無做愛情諮詢的資格，但不免好奇反問：因了解而分開豈不勝過因誤解而廝守？情是何物？愛情是部難以整編的詞典，說得越多離題越遠。但在我的詞典裡，愛情與了解需並行，盲人瞎馬式的衝撞只適合荷爾蒙洶湧的戀愛當初，不合久長。有位朋友反對「此情若是久長時，又豈在朝朝暮暮」的說法，理由是若不在朝朝暮暮，又談什麼愛情！柏拉圖式的精神之愛是否愛情？愛與慾是情的兩面，還是不能並存？每人對愛情的解釋不同。譬如我評《輓歌》，說貝禮對妻子照顧至死的深情勝過羅密歐與朱麗葉爲愛而死的激情，另一位評者卻認爲作者連篇矯詞，其實不過虛情假意。

齊克果的《誘惑者日記》裡面提到一種愛情美學，讓人顫慄，也令人嚮往。我曾在長篇《迴旋》裡，把活色生香的愛情寫成了大理石碑，眞夠愚。愛情不能分析，只能浸淫、把玩。而小說尤其不是分析的場所，而適合像藝術館一樣，闢出一進又一進的情境院落，讓人遲步遊賞。《紅樓夢》和《追憶似水年華》裡有各種愛情風景。

不管怎麼定義，愛情應是一種生命美學的雙人體現，與性別無關，是生物衝動過去，淨化爲宇宙諧和的人間表達。別追問我是什麼意思，愛情就是混沌。也許這是爲什麼直言「我愛你」總顯得愚不可及。

天地寓言

那漢子他曾在黃河邊行走。那漢子我與他面對面，我聆聽。

夜已深，但不夠深。對有些話題，夜永遠不夠深。然後夜還是太深了，有人必須遠路回家。門口道別，這是我們第一次見面。那漢子他是個陌生人，我們來自兩塊土地，使用同一語言，寫幾乎完全不同的東西。

每當黃葉滿地，那清冷的空氣總觸動什麼。踩踤落葉去散步，或耙掃前院落葉，或從書房抬頭望見窗外藍天黃葉，總有什麼東西躍起，喚醒我一些似乎陌生似乎失落的記憶，我張口欲言，或聆聽內在有否聲音，隱微而清脆如落葉碎裂的聲音。

非關個人的東西，有了個人的面目。一個有表情、身高、體重、聲音和溫度的事實，私人的故事在歷史的背景上。那漢子他談論台灣大陸過去未來，無法休止。我危坐靜聽。

那夜有什麼東西擊打我石塊般的平靜。那深藏而總不遠離，以神話傳奇經史子集詩詞歌賦將我徹底浸透的東西，血肉鮮明來到眼前。我想要側轉頭去。我已習慣異國語言和一切。

於是記起，流亡與漂泊，枝葉與根莖。大歷史小歷史紛至沓來，思考讓步給回憶，面容慘淡。於是不自量力，哀人之哀痛人之痛羞人之羞恥人之恥，不謙卑退讓說我不配我不敢我不應該。

國族神聖嗎？戰爭正是以一國族的神聖貶抑他國。我願首先做人，然後男人女人，然後才附加國家於人之前。我不要一個無所選擇的概念定義我甚於一切，我要海闊天空。而能嗎？在個人仍必須附麗於國家種族的時代，當個人主義終究虛無的時代。

那漢子他腳下無斯土，飄搖如馭風的蒲公英，他說我而終而後都是中國人。我低頭慚愧，想：穿衣不只一種方法，衣服也不只一件，漢子你換件穿穿吧！

而當山林早成了黃土，滄海不再變爲桑田，長江萬里來爲江山裹屍，那漢子他行走黃河邊上，有血無淚，可殺而不可辱，泥沙在他胸中淤積成萬言書，不是《九歌》、《離騷》，而是《現代山海經》，海枯石爛的天地寓言。

怎能失去從未得到的烏托邦？膽敢爲腐爛的民族揀蛆？那夜，我危坐靜聽，遠方無弦歌，落葉在秋風中疾走，滿室蕭蕭，正是革命歃血的十月。

我的眼睛充滿驚奇

我的眼睛充滿驚奇。——鄭義，《神樹》後記

（原以爲進了中年，逐漸昏聵麻木，對許多事見怪不怪了，卻發現不管是生活還是書本當中，往往還是會碰到耳目一新的事。這裡隨手記了一些，有芝麻大的，也有人間大的；有老的，也有新的；有眞的，有假的，也有半眞半假的。我覺得趣味，甚至到不可置信，有人看來可能只是大驚小怪。）

那嬰兒眼睛滾圓，發藍的眼白鑲著好大一丸漆黑瞳仁，直盯著人，好像從沒看過那樣新鮮稀奇的東西，好像要把人從上到下從裡到外看透，充滿了驚訝歡欣。

有個年輕看好的作家患憂鬱症，文章寫不出來。他在牆上貼一大字：寫。每天面對那個大字，做那字指示的事，一字接一字，如學走路。某人給雜誌投稿，有年每天寄一短篇，甚至有時一天寄兩篇。還有個去世不久的猶太作家當年一書成名，之後三

十年寫不出第二本來。

她說我要看那洞窟。他說好，只要你帶足三天三夜的糧食和燭火，我墜你下去。她說好。一日他們來到洞口，他拿繩放她下去，說三天後來拉她上來。三天三夜，她獨自一人端了燭火一窟窟端詳壁畫。晚上往大窟洞頂看去，星星又大又亮。

他說葡萄酒一入口我就看見。我看見那葡萄酒的三度空間，那口感、味道、芳香，一起向我衝過來，一百個小孩在旁邊吵也無所謂。但凡我鼻子湊進葡萄酒杯裡，就好像進了隧道，只看得見一件事——我進到了酒的世界，身旁所有都消失了，單剩了酒。任何葡萄酒一旦嚐過，我終生都不忘記。

齊克果寫，某詩人說有個人不管從什麼角度看都是好人，可是有個嚴重問題，他的名字怎麼都找不到可以押韻的字。還寫，有個字詞典裡說一個意思是條線，第二個意思是媳婦，就差第三個意思是駱駝，第四個意思是畚箕了。

有個城市計畫蓋棟高樓，安頓窮人。施工期間工人來了，在工地周圍搭起臨時帳篷，不久工人的老婆孩子也來了，然後做各種生意的小販也來了，工地裡男女老幼人來人往非常熱鬧。高樓蓋起來了，方正醜陋，沒人要搬進去住。高樓空著，四周帳篷卻越搭越多，人不斷搬過來，生活越來越好，成了個繁華地方。

那年輕人指甲裡滿是黑垢，指頭髒污，伸一隻去挖鼻孔，半天掏出來一坨黃稠黏濁物，放在兩指間揉搓成黑丸，拿眼睛滿意端詳一下，放進嘴裡，慢慢咀嚼後嚥下去。

馬可波羅父親和叔叔來到元朝大都，忽必烈接見他們，說對他們非常滿意，打算派遣他們隨從代表大汗出使教廷的使節晉見教皇，要求他派遣一百位深通天主教義和各種藝術的學者來到大汗宮廷，以便在百官面前辯明天主教是建立在可見的眞理之上，他們的神優越，而韃靼人和東方人供奉的神祇是惡魔，膜拜惡神是錯誤的。忽必烈還命他們從耶路撒冷神廟裡，從供奉他視爲眞主的耶穌基督的長明燈裡取聖油來。

有個顏色極神聖，因爲是思想的顏色。有本小書極神聖，因爲印的是一人的話。有枚像章極神聖，因爲那面容飽滿微笑的像。他們在外歡呼遊行，戴著那像章，穿著那思想的顏色，朗誦那本書裡的話。他們說他比腐爛更惡臭比卑賤更下流，說他只配鎖在房間裡用自己的屎尿泡屍。他在房裡聽外面他們熱烈的聲音，知道自己的血自己的思想比他們更紅。他拿刀在自己胸上打洞，別上像章，穿上衣服。祕密像章緊貼心臟，傷口發炎潰爛。

那高大多話向來霸佔話題的男子坐在我旁邊，描述他最喜歡的一座英國老教堂，多大塊的石頭蓋的，多粗的樑，年久失修，一個家族如何重新整修，封住另一半，可見的部分仍然可觀，牆上刻滿當地男子在兩次世界大戰陣亡的名單，很長很長的名單，第二次大戰的名單比第一次大戰的長許多，想到那麼多戰死的人，他眼睛蓄滿起來，口中繼續，終於兩條淚水流下面頰，他拿手背擦去。

也許

在一個好天，地心引力減到最低，你只有剛好夠不飄走的重量，不再亦步亦趨，而大踏步邁過地表。

在一個好天，問題消失，難易不是問題，距離不是問題，時間也不是問題，你沒有問題；當然也沒有答案，你不需要答案。

在一個好天，你塞在車陣中爬行而不煩躁，在路邊撿起垃圾而微笑。

在一個好天，你不再孤獨如島，陸海漂移，所有大陸與島嶼再度聯結，成爲一片。

在一個好天，你在一個圓滿的宇宙裡，不再分裂對立，沒有好壞，沒有哀樂，沒有過去與未來，也沒有生與死。

在一個好天，出發就是到達。

在一個好天，你不冀望奇蹟，你就是奇蹟。

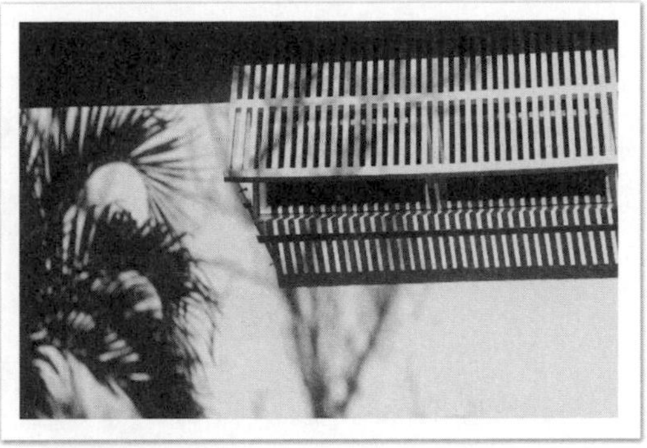

卷二

景

河面上，一片銀灰色水粼。

秋天街道活起來了。落葉飛舞，滿街追趕像群小動物。

日本南瓜切開，橘黃的肉鑲了薄薄的綠皮。

新沏茶的香味散入空中，屋內頓然生了山意，似有雲氣穿窗而入；而咖啡香厚重包擁，房間似乎小了，充滿了華麗，還是糜爛。

黃昏時辰，開車回家路上，紫灰長雲斜過半邊天，讓背景白亮的天色烘托，竟有由天空鳥瞰海岸的錯覺。

讀書中抬頭看見：午後的光斜射過來，牆的直角一面白亮，另一面灰，直角邊直得鋒利，木色地板金黃。

電腦裡拆下來的電路板，密密麻麻焊滿了大小不等的長方形、正方形、圓形和半圓形，如城市鳥瞰圖。我把它立在書房書架上，像路易斯·那佛孫整片牆櫃的木雕。

友箏搶了放到他房間裡，我又拿了回來。他威脅要再拿走。朋友聽我讚美電路板好看，說電子顯微鏡下看電子晶片，層層疊疊許多層：「那是眞好看！」

拆下車頭大燈裡的小燈泡，形狀如燈塔。我收著，擺在電腦桌上。腦中有幅景象，那狀如燈塔的小燈泡懸在圓形竹製鳥籠裡。我無意養鳥，但那燈泡我無法解釋正適合養在鳥籠裡，而且需要竹的。我還在尋找中意的鳥籠。

冷極，門口山杜鵑葉子捲成鉛筆細。那樣子，就像個縮頭抱胸瑟瑟而抖的人。

雨大而疏，好像人可穿行雨柱間而不濕。忽然雨勢猛了起來，洩洪似的嘩嘩直下。一片轟然迷茫。

一場小雪後，隔日枝頭鑲了一層薄冰，如水晶。

桌上一瓶花，院裡一盆花。人臉上的笑容，眼裡的光。

遠方，一橋橫掛天空。高樓消失霧中。

兩隻松鼠在兩樹間來回追逐跳躍，彷彿無重。一隻鳥筆直而下彷如掉落，臨著地又倏然拔起斜飛上去了。

颱風過後，屋外整排樹拔根倒塌，露出後面大片蒼白的天空。「好像舞台上帷幕突然拉開……」薩柏德這樣寫。

遠方，黃昏在友箏窗外鑲了一丸橘紅落日。橘光斜打在走道白牆上，B說可以看見太陽一點點移動。我瞪了半天，看不出移動跡象。退後一點，還是白牆上那美麗的光、窗外那輪飽滿燦爛。

院前人行道上，鄰居剛學會走路的小男孩咿咿呀呀，搖擺向前去。

臨睡前關燈，落地窗前一簇微光。走到窗邊，天上一輪滿月。

白雪告別式

1

十二月五日第一場雪。

好大雪！從南來，氣象預報要落六到八吋。昨天友箏就反穿衣服（注），滿心期盼大雪停課。果然，清晨起來地上已經一片白，細雪不停，但沒有停課的電話通知。時間到他出門去等校車，校車過時沒來，興高采烈回來丟下書包外套，奔到房間去玩他那百玩不厭的想像遊戲。過不久又穿上外套前門一聲大響，到院子裡玩雪去了。

我早和朋友約了到附近公園遊雪。出門時雪應有一吋了，天色髒灰像幾年沒洗的餿棉被，馬路上新雪已經壓得泥爛，風挾雪來遠近灰灰茫茫，車輛都緩速慢行。天地間有種迅即又遲緩的騷動，像有人急忙結結巴巴說話。

馬納斯關蓄水湖公園。湖水陰灰，茫茫看不見對岸。風雪斜掃，水浪激盪，像海。像我二十一年前初到蘇必略湖畔時，見那片茫無邊際和排排推湧的浪，欣喜想：「海！」

滿天雪片、雪粉。夠冷。溫度要夠低雪花才成粉狀，積在地上乾鬆乾鬆，踩起來嘎吱嘎吱響，一踢散滿天。我打了傘，勁風帶雪撲來，威脅要把傘吹跑。雪粉打在傘頂，唏唏嗦嗦，是沙子急落的聲音。主步道上竟已有了別人的腳印，我們以腳步在林中雪徑上寫字。

林裡一片白。白地白樹白草，隱約露出枝頭、樹身和竟然還翠綠的幾片葉子。白雪像棉絮包住一切，然而棉絮沒有雪的白，也沒有雪粒結晶的清明剔透。見了掛在枝頭那柔和晶瑩的白雪，立刻知道了冰雪聰明和心有靈犀是什麼意思。

想描寫這雪景，不斷跳出來一些老調：白雪皚皚、粉妝玉琢、銀色世界。鑄不出新詞，倒有個念頭跑來不去：枝頭那半透明的雪看來像天下最好吃的東西，雖然我不餓。

兩景特別值得記下：何站在小碼頭浮板道盡頭，在劇烈的風雪裡上下起伏，一臉狂喜如天真小兒；和出了樹林回到三牆落地窗的遊客中心，脫下沾雪的披掛，佔了一張圓桌擺出三明治、熱茶、餅乾、水果，我們聊天喝茶唸現代詩：周夢蝶的〈約會〉

和洛夫的〈雪落無聲〉，中央燒著爐火，四下天雪灰濛。

2

他說：「看左右鄰居家裡都裝了聖誕樹，不好意思不裝。」又補充：「不裝怕人家以爲你是印度人。」然後哈哈笑了。

3

一雨成冬，三人成虎。

當今，其實這應是老生常談了，一件事只要有足夠人不斷重複就變成了不可撼拔的「眞」——不是眞理，而是確確實實沒法挑戰沒法推翻的「事實」。也就是不需要眞正事實，只要「以爲是事實」就行了。

民主政治裡所謂的領導就是龍斷媒體、利用宣傳造勢、壓制反面聲音，生產所謂的多數民意、人民授權、群眾支持……

這種「民主」裡的「我們」固然不是共產主義下的「我們」，也夠讓人不寒而慄了。

4

人民的眼睛是雪亮的。人民只是一群烏合之眾。

哪個眞?可能都眞嗎?

5

有時只是一個信念，讓眼前不是灰燼，腳下不是流沙。

有時一個轉念，所見盡是「蠟炬成灰」、「大江東去」——在人的世界。

逃!撤退!道不行乘桴浮於海!到新墨西哥去!到溫哥華去!腦裡有這樣聲音。

6

怪!正是在這口口聲聲最民主最自由的國家裡，自由主義卻無異是髒話。

7

但若把自由主義和左派、反資本主義畫上等號，就一清二楚了。

聖誕節當天我們冒雨開車北上紐約州。天色灰濁，視界茫茫。等進了紐約州，雨漸漸變成了急落的霰，風挾霰猛烈朝車打來，聲音震耳像人在高速攪動的果汁機裡。天色昏暗，不時電光一閃，雷聲暴響。路面滑溜，我們關掉搖滾樂慢慢開。霰轉成了雪，嘈雜聲靜了下來。景物漸漸覆上了一層白。

到了恆斯湖邊，停車進屋，改成從屋裡觀雪。風雪不斷，雪片駕風從大窗前橫飛而過，一陣強風吹來只覺全屋搖撼。小孩都到外面坐在塑膠板上溜雪去了，灰茫茫中人像影子。

第二早雪停了，晴天。冰凍的湖上一片白，樹林是黑的，枝頭雪都讓大風颳下來了，洗藍的天，殘餘金橘光的初陽才越過山坡頂照到對岸枝頭。我第一個起床，看見外面的天光雪色，立即便全身披掛抓了相機出去。門開一腳踩下去，雪深過長靴筒頂。足有一呎深。啊，四下白茫茫大地眞乾淨！

8

人不能無癖，一位朋友有些怪癖。一個是電話的留話錄音，有些他不忍丟，譬如告訴他誰死了，或留話人再也不會打電話來了，他就在洗掉前先筆錄下來。另一個是出門帶錢一定得少於或多於他的年紀，絕不能剛剛好，不然他就覺得太掉以輕心了。他喜歡數目排列具有某種規律，譬如重複、對稱。他非常喜歡2002這組數目的視覺效果，說：「我會懷念2002年。」

9

除夕下午我們開車進紐約去參加R的派對。到後發現是隔天。第二天冒雨又去，晚上再冒雨回家。雨中看不清高速公路路面，B簡直是憑感覺摸回來的。

至少派對上和艾米夫妻聊得很愉快。

10

艾米說：「H早先想做演員，我父親知道後叫他到書房去談話。H以爲大概要訓一頓，叫他打消念頭之類的，沒想到父親建議他要演戲最好先做鼻子整型。H的鼻梁像中東人有點鷹鉤，一點都不算厲害，只是在我們家裡稍微顯著一點而已。我父親一向以他自己不特別顯眼的鼻子爲榮，他的樣子不說人家認不出是猶太人，因此他對H

的鷹鉤鼻耿耿於懷。」我們聽了都大吃一驚。

猶太人的鼻子，黑人的皮膚，黃人的眼睛……盡在不言中。

11

和朋友通信或電話時相互詢問：「飯碗還在嗎？」

公司可能倒閉，裁員的鍘刀隨時可能落下。

景氣壞透，帝國的戰鼓越敲越緊越大聲。

12

不仁不義卻又理直氣壯，面對這種蠻橫兼虛僞，好像看到自己的影子離地跳起來

站在面前說：「我是正身，你是副本！」

13

重看電影「奇愛博士」，邊笑邊搖頭：「荒謬的時代啊！我們的時代啊！」

14

結束了，2002年。充滿了謊言貪污腐敗不公，美國歷史上可恥的一年。

而那朋友說：「我會懷念2002年。」雖然只懷念那數字。

（注）小學生迷信反穿衣服，可促使願望的事實現。

人在廢墟

「那裡每天世界在永遠常新的光裡重新來過。」——卡繆〈回到提帕撒〉

1

我沒見識過漢唐的廢墟，也沒在希臘羅馬廢墟徘徊的體驗。但我走過印第安人的廢墟，也常在附近看見廢墟。

廢墟一詞，讓人想到斷壁殘垣，就算殘破還是充滿了懾人的氣勢，恐怕比完整時更具威嚴。一般所謂的廢墟確實是那樣，不是帝國的遺蹟就是古城的殘餘，譬如埃及、印加帝國，譬如雅典、羅馬。但廢墟的意思其實只是破壞物的殘留，不見得是宮闕或是殿堂。因此我在附近常見的廢墟和帝國或古文明無關，只是普通廢棄的農舍。在大企業農耕下，獨立小農越來越沒法生存，越來越多的農人賣掉田地給建築商。於是住宅和商店、停車場蓋起來了，而越來越常見田野間一棟孤立破敗的農舍，在藍天下危危欲倒。這些廢棄的農屋，總帶給我難言的吸引。

2

很久沒讀卡繆，最近拿起來翻翻，想唸個一、兩行重溫韻味就好，卻立刻就「進去」了，放不下手。我翻到的是〈回到提帕撒〉這篇，收在《薛西弗斯的神話》裡。像書架上的許多書，這書是我二十年前看的，之後便沒再碰過，這時再拿起來不禁微帶悵惘——在不絕追逐新書的競技場上，我鍾愛的老書已經變得像廢墟了嗎？

〈回到提帕撒〉寫的就是廢墟。提帕撒是卡繆家鄉阿爾及爾的廢墟，他少年時代在那裡閒逛，流連花草木石間覺得身心敞蕩：「眞覺得是活著。」離鄉以後他總懷念提帕撒，再回去感受變了，景物：「似乎一下子老了，帶著人一起。」於是他又走了，一走幾年，再回來時阿爾及爾罩在陰雨中。然後雨停了，他搭車穿過六十九公里的記憶來到提帕撒。在洗藍的天空下他意外了，看見提帕撒畢竟沒有隨世界一起墮落：「我總知道提帕撒的廢墟比我們的新建設或砲彈造成的破壞更加年輕。」於是：「在隆冬裡，我終於發現了我心中有個不可征服的夏天。」

3

高中時學素描，對那些孤零零或隨意組合的石膏腦袋、眼睛、鼻子、耳朵、手腳和殘缺的身體，覺得非常奇異。那些人體零件脫離了血肉的實際功能，變成了視覺符號，具備完整的自我，有權像君王昂然站在深紅或大紫的絨布上讓眾美術學生注視研究。譬如那挺拔的鼻子像英雄紀念碑站在那裡，正是「嗤之以鼻」的架式。又或一隻獨腳，穩穩據住畫室一角，無意走動而不是不能走動，帶著神奇。這些既殘缺而又完整的物件，可能是我廢墟美學的啓蒙。當然那時我對西方的古典廢墟毫無所知，但這時玩味廢墟不覺想起當年畫室裡的那些殘肢斷體。

第一次有了人在廢墟的感覺，應是我們搬離中興街十巷四十號那晚。屋裡差不多搬空了，只剩幾件必需物。我們圍坐地上克難晚餐，悶熱的夏夜，白蟻繞燈飛來飛去，地上幾只水盆裡浮滿蟻屍，空盪的屋裡忽然破舊了，好像忽然間以可見的魔幻速度朽壞，只因我們就要離去。也許還太年輕，現在回想並不記得當時有多感傷，但道義上確實有些捨不得，似乎暗自覺得應爲那將要拆掉蓋成公寓的老屋難過。我仍記得剛搬進去時的印象，水泥圍牆紅色大門綠屋灰瓦綠牆光滑磨石子地的日式老屋，寬敞高級——我們是城裡人了。然後我們搬到了幾條巷外的連棟二層樓裡，又窄又醜。那附近有家廢園，圍牆坍倒，沒有了大門，人高的雜草間一棟破屋，森然誘人，成了我後來寫得很壞的第一篇小說〈秋風引〉的背景。新公寓蓋成了我們再搬回舊址，新家不能和老屋比，但新，我們覺得這就是進步。

4

週末我們開車上普林斯頓去玩，路上經過一座農場，樹木後有幾棟破敗的房舍。我喊友箏看，他幾乎錯過了。他也喜歡破屋，問他為什麼喜歡，答：「我不知道，就是喜歡！破房子比較好玩，因為你看得見裡面。我不知道！」他不小心打破了阿姨的大肚玻璃瓶而毫不在意，因為覺得破瓶好看多了——尖角突出的破洞改變了瓶身的線條，又打開了連接裡外的窗口。他得意喊我去欣賞他的犯罪傑作，我們倆像共犯站在那裡點頭品評。

廢墟的美感在哪裡？可能對大多人，廢墟只是必須盡責瞻仰的史蹟，歷史意義重於一切。你站在那剩下半截的巨柱或雕像前，覺得必須緬懷千古，想想秦宮漢闕希臘神廟羅馬議院競技場之類，感嘆一下帝王將相今何在。而對少數人，撇掉古蹟的身分，廢墟純然是風景，美不可言，任何全新完整的建築都比不上。

英國作家克里斯多佛・武德爾德的《人在廢墟》裡，援引許多詩人、畫家的話，提出廢墟的美感來自對立——花草在破敗零碎的石頭建築間茂盛生長，這是生死的拉鋸、過去與現在的對話。確實，堅硬筆直的石柱對照亂草纏藤，工整的秩序打破，出現了更複雜有趣的構圖。像魯鳴的詩句：「我是墓碑／在你哭泣的時候／生長青草和花朵。」寫的是〈驪歌〉，但拿來形容廢墟卻正好。如墓碑對應花草，廢墟本身的荒涼讓大自然強悍的生機給平衡了，那人工與天然的交錯毫無衝突，此消彼長間充滿了迷人的戲劇張力，正是寂靜中而飽蓄言語，又是蒼涼又是熱鬧。人在這裡未必要爲往昔不再去傷感無奈，而可以單純爲那難以道破的美而忘我，在生物礦物間的顛簸前安然無言。

簡單說：廢墟是矛盾的產物，它的美感來自時間和空間的辨證。

5

新近發現了一位英國作家傑夫・戴爾，一口氣讀了他好幾本書。他在《給懶人的瑜伽》裡有兩篇也寫到廢墟，充滿了伍迪・艾倫式的神經質荒誕喜劇。

他千辛萬苦到利比亞去看名廢墟拉普特斯・麥格那（Leptis Magna），只因見過一張朋友黑白家庭照裡的廢墟背景，覺得：「那灰色天空看來格外的藍。」一到了利比亞首都卻覺得莫名其妙，只想掉頭回家。但廢墟終究有其魅力，尤其是在雨停重新放晴以後。他引用D．H．勞倫斯形容到了美國新墨西哥州的陶斯印第安村落的話：「好像到了某種終點。」他也一樣，在拉普特斯．麥格那的廢墟間他感到難言的契合之感：「不是進入了一處實地而是進入了一片磁場……」這種讓人神魂震動的地方，他叫「境地」（the Zone）。有的人在山水間找到，有的人在教堂裡找到，有的人在沙漠裡找到，有的人在廢墟裡找到。

同是寫廢墟，卡繆總不忘議論人生，相對戴爾就事論事，文裡充滿了遊戲式的討論和自嘲。他提到在廢墟時碰到另一名遊客和他搭訕，兩人語言不通只能指著東西叫喚名稱：柱、石、樹，因而聯想到廢墟正是個失去了動詞只剩下名詞的地方。接下來發現：廢墟脫離了歷史的擺布，成爲時間的對象。在廢墟裡：「歷史變成了地理，時間的變成了空間的。風是時間的氣息，急急而過。而沉寂，卻像靜止的時間恍惚出神了。」這短短幾句清明如詩。但片刻沉思以後，他又輕快起來了，冒出無邪的句子：「天空除了在那裡無事可做……」他不是肩起世界巨石的卡繆，卻是個神經緊張的小丑，像濃度高的海水浮力特別大，重的東西到他筆下漂了起來。

6

以中國人容易觸景生情的民族性格，面對廢墟，一般感到的可能是時間的殘酷，看見荒涼，不看見美。余秋雨在《千年一嘆》〈哀希臘〉那篇裡談廢墟之美：「外部圖象和內在意緼上的巨大反差，形成一種驚人的美，既是自然美，又是人文美。」他所說的內在和外部的反差，類似前面提到的生死消長人力與天然的對立。不然在中國古典文學裡，荒屋廢園是凋零蕭索的意象，是出《聊齋誌異》那種鬼狐故事的所在。這裡我想到了李翰祥的「辛十四娘」和胡金銓的「俠女」裡荒廢老屋的場景。

阿城《遍地風流》裡有一篇我印象特別深刻，以爲叫〈廢墟〉，翻書一看原來是叫〈大門〉。寫一群紅衛兵毀廟，許多年後其中一人再經過，發現「不遠處有個很大的門立在平地上……」原來的「廟已經沒有了，連一塊瓦一根木絲都不見了，只剩下這個門，這個貼了封條的門。」這暮色裡一門獨立蒼茫的景象非常驚心，不是凱旋門，而是歷史的過失牌坊。像薩柏德《論破壞的自然史》寫二次大戰後的廢墟德國，探討爲什麼德國人對廢墟景象視而不見，迴避記錄和討論國族無比的創傷。對他，那些處處可見的廢墟分明是歷史的疤，誰都無權假裝沒看見。

7

廢墟必須是天成，才不失妙處。就像禮物不能是求來的，不然意義全失。武德爾德寫十八世紀歐洲各國流行仿造廢墟，刻意製造廢墟效果。廢墟美學走到了這境地，可說是走火入魔。

還是福樓拜說得好。他從小喜歡附近的羅馬廢墟，青年時代滿懷浪漫到埃及去看廢墟，到了底比斯看到那筆直尖頂的擎天紀念碑，寫：「你常會在一座高大的紀念碑上看到從上到下像帘子樣染了一大片白，上寬而下窄。」那片白色是禿鷹的傑作：「許多世紀以來牠們就一直到這裡來拉屎。那效果十分驚人，又具有出人意表的象徵性。」福樓拜並不因此失望，卻恰恰相反：「一旦人不在那裡護衛，大自然立即就前來掩埋人工，這大自然的擁抱，帶給了我深切充盈的喜悅。」

8

廢墟說的是：時間的風不停吹襲，以人的野心和成就，人造的東西終究是暫時的，大自然隨時等候來接收了去。睥睨中產階級的福樓拜畢竟有他獨到的眼光。

在《大西洋月刊》裡看到過一張攝影：書店廢墟裡，幾名衣著整齊的男士站在瓦礫間，各在書架前抬頭找書或是低頭看書。那奇異的不諧調充滿了詩，極爲動人。

我獨愛廢墟嗎？也許還不到成癖成癡，不至於打爛家具故做廢墟狀。但無疑老建築比新建築吸引我，而殘破的建築又總邀我走過去細看。我平常或旅行照相時，總不免攝一些舊屋破門，甚至牆角的一堆廢物或路邊散置的破爛都吸引我攝下來。那些歪歪倒倒乃至亂七八糟，有自己叛離工整對仗的空間秩序，很難一言以蔽之。剝落的漆、街道的裂紋或紅磚牆上煙燻或水漬的跡，是時間不停的創作，說：「美沒有公式。美不是停在那裡的死物，而是不斷變化的過程。」

「苔痕上階綠」這句詩所以動人，因爲空間裡面有時間，人爲的事物融進了大自然的神韻。嶄新的大理石階不潔白美麗嗎？不如生了綠苔的石階有生機，有情趣。沒有花來弄影，牆不過是死牆。再漂亮的臉而一無表情，那美終究荒涼。

有句話說：「欠缺瑕疵本身就是瑕疵。」廢墟滿是瑕疵，因而在在都是表情。戴爾在拉普特斯．麥格那看到只剩了名詞的廢墟，其實廢墟更多的是動詞，惟獨主詞不再是人而已。

家具旅行的季節

0

家具爲什麼旅行？和春來，或不來，有關。

好一陣清晨已有輕快的鳥鳴，偶爾一、兩個晴天，陽光打鑼打鼓，像鄰家小孩叫你出去玩。你不疑有他衝出去，那空氣尖牙利齒撲咬上來，你一哆嗦整個人猝然驚醒——沒錯，還是冬。

時間凍住，冬的尾巴越發拖泥帶水。都三月了，還只管以大風雪自娛。天色陰灰。一冬下來，我分明地感到自己身心呆滯，好像內外腐朽，爛成了一攤原生質。好像活著光就是新陳代謝。

春不來，前院的水仙也了無動靜。到處的槁木已經不再淒美，春分前的一場大雪讓我對窗猛嘆氣。連不讀就不快的書也讀得生厭，看來看去都是缺點。讀自己舊作更加觸目，這下缺點一條條全是自己的。正寫的稿子一樣糟，千改百改還是壞。這點不安從文字轉移到身外，亮眼一看，大局我無力，卻覺家中醜亂一下子逼上來，別無選擇：逃？還是面對？

哪裡可逃？是該把這鼠窩整頓整頓了。早該做的。

1

整頓，大是徹底翻修，小是大掃除。

這房子住了八年，我忽然才要來「齊家」，夠遲。眞要整頓，工程既不大也不小。說不大，因不到打牆卸窗灰頭土臉，甚至夫妻變仇人的程度。說不小，多少陳年破爛，沒完沒了的瑣碎，耗時費力的程度和移山倒海也差不多。平常我樂得將就，但好不容易捱過長冬，春來血液解凍竟然有黃河破冰的勁勢，睡前都聽得見心念轉動像冰塊崩裂傾軋——是家具書籍和眾多物件滿屋遊走的響動。

小說和戲劇裡不時可見取笑家庭主婦「又」搬家具了，當做無聊膚淺的典型。我的看法剛好相反：不是無聊，是創新。理由很簡單：人爲空間也進行演化。

大概除了穴居時代的山洞是天然形成，人類居所不管是泥巴樹枝還是土塊磚頭，都得人胼手胝足，一石一瓦辛苦建造。城市像物種，是蓋蓋又拆拆，經過淘汰和學習，一步步演化而來的。

居家空間也是。人一住進屋裡，並不就成了無知無覺的死物，而是要和門窗家具物件一同吐納作息，終於心意相通，演化出一套相安無事的秩序來。

2

我站在穿堂看客廳，客廳也看我。漸漸書架桌椅騰空飛起，滿室旋轉，空間在呼吸、脹縮。

也許你不覺得，但空間是活的，總在吞吐大氣，像巨靈的體腔。我說的不止是風雲和流水。山坐在那裡，在動，以自己的方式和節拍。牆在動，窗玻璃不斷往下流。一道無息的風不停吹過，光移影動，空間在進退和伸縮。

大自然一再演示，空間是遊戲，永遠在加減、變形和移位，永遠在對話交談。多少藝術家和建築師再驚人的「原創」，不過是模仿大自然而已——古典建築抄襲大自然的造型，現代建築單取大自然背後嚴謹的邏輯。

人造空間，更是物質和心靈嬉遊的場域，美感透過機能而呈現。建築講體積、造型，講尺寸、比例，講平面和透視、對立和諧調、形式和內容，實在呆板無趣。說穿了，不過是空間在玩，在尋找怎樣表達自己。

室內空間的遊戲在於，除了恆動和均衡，它沒有定則。空間的美和秩序建立在相對的關係上，門窗桌椅可以這麼擺，也可以那麼擺，並沒什麼絕對或必然。組成空間的眾元素就像文字，在成爲句子前只是散字游詞，要等意念浮現才將它們統馭收服。但這意念不是神諭，也不是律法，而是說變就變了。就像一個意思有多種表達，一個空間有多種組合，完全是相對的、有機的。臥房一變可成書房，客廳改做餐廳，牆打通了小房間變大，掛上帘的窗盈盈有了風情。家具更容易流動，桌椅擺設一個拼組便一式表情，有的開朗，有的侷促，有的活絡，有的呆滯，有的含笑邀人流連，有的你推我擠簡直在打架。可以說，家具物件也有「主張」，總在尋找那恰到好處的安排。這空間的顛頏，某一程度上類似板塊移動，在沒找到穩固的位置前，勢必不時地震。所以，掛歪的畫會引起牆壁門窗抗議；相對，幾只桌椅巧妙一擺，空間馬上就打開，活了。

現在，我聽見了我家空間說的話。

日日夜夜，書架書籍桌椅在我腦中飛來飛去。夢想要改造現實，大概就是這症狀。

3

近兩個月裡，幾乎家裡所有東西都殃及了。

每天，我扛著書籍桌椅書架全屋旅行。不像電影「黑暗城市」（Dark City，台灣譯成可怕的「極光追殺令」）裡那永夜城裡的建築每晚自行移轉更新；當然，實際上是外星人在操縱。我沒乾坤大挪移的神力，使的是陶侃搬磚的古法，還借用了家裡兩位男士的力氣。

因此冬末時開始的空間重整運動，到了初春還是一片混亂。所有物件都流離失所，或零落或簇擁，像火車站裡候車回家的旅客，更像倉皇的難民，在在爲「破壞容易建設難」做注。更說明大自然唯一的鐵律：「一切都在遷化之中。」——原始陸塊盤古大陸裂成數洲，滄海變成桑田，時間變成空間，空間變成時間，時空變成無，無變成有，質能互換，宇宙在1和0間來來去去。無常是常。

我坐鎮這變亂中間，享受自找的憂患。造反就是這樣，無可抱怨。

4

讀書寫作暫時已不可能。

在滿屋無處可去的書堆間，我再一次氣恨這些「尸位無用」的書，再一次「決心」停止參與製造這種廢物，再一次「決心」戒絕買書，或比較可能做到的，每買一本新書就丟掉一本舊書，至少暫停買書。

一天下午，我又來去穿梭搬書找地方放，實在對應無策。問題第一在書多架少，第二在沒法滿意分類。終於騰出一層給最喜歡的書，我從臥房裡搬出一疊疊書到「新居」。邊搬少不得這本那本翻翻，然後乾脆在落地窗前的小圓桌邊坐下，抽出維吉妮亞・吳爾芙的短篇就剛泡好的咖啡讀起來。非常奇異，正好她在〈牆跡〉裡漫談物件其實如幽靈出沒，而飄忽的意念如軍律嚴格統治我們身處的穩固現實，寫：

「奇就奇在我身上居然穿了衣服，居然在這一刻坐在結實的家具中間。」

「發現到這些實物……並不完全真實，而半是魅影……是多麼驚人，又多麼美妙……」

她不可思議的聯想在心物間飛快游移，像風，搖動可見的枝頭。我乘風直上，輕了，喜悅升起，死書死文字復活了，沉滯的空氣通了電流，片刻擴展成廣大平野，美的秩序神祕歸位。我急急添了第二杯咖啡，奔進書房搬出筆記型電腦，對窗寫了起來。

午後斜陽大片瀉進落地窗來，我已可預見家裡開敞寫意的遠景。前院開了一簇簇黃白紫的番紅花，後院一片金黃水仙。我剪了幾枝帶雨水仙插瓶放在桌上。家裡一點一點就緒。書一本接一本地讀。文思運轉。

春天確實到了，無疑。

如何將我分解傳送

一位美國作家的話我一讀難忘。他說他寫小說初稿時拿舊襪子套頭，等於是盲了眼任指頭在打字機上打出流動的意念，套頭襪子的作用在蒙住腦袋裡分析的那一部分，讓感覺的那一部分快意飛馳，他要捕捉那些乍起即逝的意念，在它們還沒來得及餿掉老掉前保存那新鮮。是的是的，我讀到時心裡說，遮掉那個總在分析解釋的部分，打通一切，讓雲雨天光飛蟲浮塵一起進來，讓自己忘掉自己。

一個景象，可以叫「飛行群落」，是近來開車來去常見到的，大群小鳥忽然衝天如雲，頃刻轉向飛散無蹤，那乍來乍去變換陣勢的快捷優美，讓人驚呆。我想到曹雪芹「飛鳥投林」的句子，而這不是投林，也不是破空，而是音符在空中重組換形，無可期待又無可預測，忽然就結束了。

又，電腦畫面顯形和解析。不像電影畫面柔焦聚焦，是和緩的模糊或清晰，而是許多微小部位同時解散陷落或生成浮現，漸進中帶著突兀。那在眼前解體生成的過程，如鳥群空中迅速聚散的藝術，驚奇中好像隱喻什麼。當然無所隱喻，我只是想忘我也許便類似數位解體或鳥群解體的過程，是背景空間終於晰明了出來。

有個音樂家想譜一種音樂，主要元素不是時間，而是空間。音樂可說是在時間中流動的聲音，跳出時間音樂便不可想見。而以空間爲主要元素的音樂？是沉默嗎？沉默既吸收了時間也吸收了空間。或者我見到的飛鳥群，確實可說是種音樂，沒有控制下的旋律和節奏，然而有自己的結構和始末。詩人羅柏特．哈斯形容里爾克《輓歌》第二首的律動，「是二十世紀文學中最近似群鳥飛翔的」。薩柏德在小說裡寫他曾以爲小鳥飛行的路線托住了世界，那纖弱到危殆的意象我印象極深。而對於飛鳥我沒有想像，只是看。電線上排列如音符的鳥總引我微笑。

不可思議或理解的東西常給我極大吸引，好像昭示無限深意。里爾克有句詩說「美只是恐怖的開始」，不止出語驚人，簡直駭人，因而魅力無窮。有托住世界的小鳥，還有純白的新雪，美怎麼可能與恐怖聯結？當一本書一片樹葉一組旋律可以傳送整個世界宇宙，美怎能是恐怖的開始？也許，若預想到朽壞和毀滅，美預示了醜，生導向死，一切美好都是衰亡的先兆，是的，紅顏白骨，美是恐怖的開始，面對春花朝陽我們都該恐懼顫抖。而我記得那景象，山勢由遠到近由近到遠，雷聲隱隱，烏雲在不遠的山頭垂落如帳，夕陽由雲後迸射金光。我記得站在聖迪克里斯投山上，不以文字不以思考置身其中，我是四面八方景觀全部。我不想到恐怖，只覺得與風雲一氣，化身爲詩。還是里爾克說得好：「然我們什麼時候成眞？當他把土地、星辰注入我們？」面對美好而神馳忘形，那一刻，我們便成了眞的。

我讀論美學的書，追尋感動抽象的源頭，雖然一點也讀不出所以然來。阿多諾的《美學理論》我越讀越糊塗，每幾行就不懂。譬如：「藝術是黑暗的藝術，它的底色是黑的。」像里爾克「美是恐怖的開始」一樣當頭棒喝，驚得我即刻大醒，乖乖把前後句反覆讀了好幾遍。向朋友說阿多諾的書讀不懂，可是眞好看。

有個人每隔一段時間就單獨旅行，從極文明的城市到極荒僻的遠方，像西奈沙漠、恆河源頭、撒拾拉沙漠、坦桑比亞，在酷熱、酷寒、乾燥、荒涼的地方，揭去文明，將自己置於近似原始人的情境，獨立天地之間。他從未說明爲什麼必須離開生活去偏遠的地方旅行，到了之後只是一次又一次跋山涉水，朝聖似的到各宗教聖地，在艱苦中再三自問爲什麼來，沒有答案還是繼續下去。我也問：爲什麼？我想他在尋找某種傳送，而他以爲那傳送來自空間的移動，而非心靈。然我不是他，我不明白爲什麼有些地方是聖地。無論如何，我也願拔出生活去單獨旅行。

現實生活不免是無盡的陷縮，責任、義務、秩序、欲望、目標相對天馬行空是極度的陷縮，最後縮成了一個點、一個比點更小的微粒。法國默劇大師馬歇．馬叟有一短劇，那人物囚在玻璃籠中，是現實人物的寫照。但有時，忽然間我們就走出了玻璃籠，伸張放大還原成形，繼續擴散，終至稀薄透明，爲大氣所分解、傳送、分布，最後，從自我意識裡消失，「與天地坐化」，如蘇軾所說。旅行即使在最膚淺的層次上，是那走出玻璃牢籠的一種方法。而深層旅行，無異重組精神分子。

美國畫家波洛克（Pollock）和馬克．若斯可（Mark Rothko）的畫。波洛克的狂草，那種奔放與吶喊；若斯可的淨化與結晶、色彩與塊面，都不可解釋的深切打動我。但凡膠在生活裡透不過氣時，他們的畫都能鬆動我內在的僵滯乾枯，將我送往一個奇異高處。波洛克和若斯可兩人都一生痛苦，都必須經過漫長掙扎才成爲世人所知的藝術家。一位藝評家寫「若斯可要到四十歲才成爲若斯可」，讓我震動。中國人說「做人」，這「做」字背後充滿艱辛，顯示人非生成，而是造成。然絕世的藝術彷如天成，所有掙扎爲了消去「做」的痕跡，所有喜悅來自掙脫意識可怕的重力場——自我。

B曾告訴我有種假想粒子叫「太極陽」（tachyon），沒有一定質量，以超光速行進，可以回到過去，我即刻興奮起來，好像新到手的玩具。過後他修正，說可超光速運動部分好像記錯了，眞是掃興。另一次他說，大霹靂不是物質爆炸散射到空間（他特別強調：虛空不是什麼都沒有，虛空不是空的），而是時間空間的爆炸，或能量的爆炸。我無法理解不是虛空的虛空，想像不出那時間空間在一刹那迸生的狀態，只驚喜竟有這樣玄奧可愛的東西。最近讀到一個理論，英國物理學家朱利安・布爾柏爾（Julian Barbour）提出的，說宇宙其實並無時間，無生存死滅，我們所知的時間以無限片刻凝固在永恆之中，像電影膠卷上一幕幕靜態的鏡頭。就像近年來不斷有學者著書宣布歷史終結或科學終結，布爾柏爾的新書叫《時間終結》。即使在物理學界，這說法也極離經叛道。我不相信時間不存在，但始終爲那說法著迷。宇宙裡充滿不可見的黑暗物質和黑暗能量，也帶給我無限神奇。畢竟宇宙還是充滿神祕，等人將宇宙研究到眞相大白時，也就失去了最後的遊戲場。

詩與畫，神祕與狂喜，無法傳述。因此我一再回歸這主題，試圖捕捉生活和藝術中與美和神祕驚鴻一瞥的遭遇。若無這種美的遭逢，或者說驚豔，或者說感動，或者說歡愉，或者說神馳，生命便彷彿有所欠缺，閉塞乾燥貧瘠，彷彿事物逐漸失去名稱，而色彩淡去，自己的五官也漸漸模糊，口齒不清，固定在一個風化的界面，在時間中蝕毀。如里爾克所說：「我們的生活不是生活。」而不可思議的，一個句子，甚至句中的一個字，便有驚人的再生能量，將顏色與聲音返回現實，一切又有了生機，有了可能。我們變成了眞的。

卷三

新墨西哥的風沙

1

新墨西哥的春天是風季，我們剛好趕上。

就要降落阿柏克基了，我和友箏欣賞機窗外層疊漂亮的白雲。可是天色為什麼灰灰黃黃的？我問。友箏解釋，空中飄滿地面暴風颳上來的塵土，就會變黃。他愛看自然科學書，這點上比我有學問。聽他一說，我想地面上一定颳大風。

順利降落。出了機場沒見大風，沿阿柏克基的高速公路去旅館，經過許多修建高速公路的工程。灰藍的參狄亞山脈好像近在咫尺，天色漸漸暗了。

第二早從阿柏克基出發，順二十五號高速公路沿葛蘭滌河（意：大河）南奔。出了蔓延的郊區，很快高速公路兩旁的大廣告牌少了，漸漸完全消失，代以一片寬廣的沙漠，風景還原到：天、地、低矮灌木、黃草、近丘、遠山。極亮，陽光漂白了顏色。

給深色太陽眼鏡一潤澤，天比較藍，雲比較白，葉比較綠，風景比較美。摘了太陽眼鏡，陽光轟然衝來，景色白掉了。我特意不時摘下太陽眼鏡，千里迢迢，好歹得知道眞面目什麼樣。

三天後，從西南的葛蘭嶋往拉庫西斯路上黃土蔽天，一頭駛進了飛機上看到的沙風暴裡。驚塵滾滾，眞的是天地變色。可惜沒看到滾動草像好萊塢西部片裡狂奔而過，否則就更有落日黃沙的氣氛了。我們只看到過一次滾動草，在山間湖邊，只剩一小半，早不滾了，但細枝糾結像空心毛線球，一眼就知是滾動草。開進拉庫西斯的旅館停車場，下了車便人在風裡，眞像《西遊記》裡妖魔出現那樣飛沙走石，旗子在桿上獵獵響，樹枝狂搖，我們本能的低頭彎腰像拉車一樣。隔天逛米西亞老鎮，風又刮起來了，四處飛沙，立刻半空暈黃，不遠的房屋車輛如在黃色薄霧裡。我在外面照相，只覺風沙打在臉上。等進了書店，齒牙間沙沙有聲，不禁疑心我張了嘴照相。反正照相時只管眼前景物，至於身體其餘部位幹什麼就不知道了。

2

這是第二趟，去年夏天才來過，還不到一年。

上次來新墨西哥爲了看聖塔非、陶斯，也爲了看傳說裡特別明澈的天光。我們只遊了東北一帶，但深切受那層層的紅土山岩、變幻無窮的白雲和廣闊空盪的氣象吸引。於是我們又回來了，這次往南走。西南到穆基陽山區的葛蘭嶋去走懸在半崖的「貓道」，掉頭向東到拉庫西斯和米西亞，更東一點到阿拉摩郭斗去看白沙漠，然後經土樂柔薩盆地回阿柏克基，再遊聖塔非結束。全程八天，感覺上要短得多。時間不夠，不然就去看大草原。

新墨西哥多山和沙漠，地形上可分成四區：洛磯山脈、科羅拉多高原、大平原和山脈盆地。重重山脈分布北部與西南，其餘是廣大乾燥的平原，東部則是大草原的西端。在這裡開車免不了由平地進入高山，或由沙漠入山林。過渡地帶有悠然起伏的乾燥丘陵，黃土或紅土地上散布了枯黃的野草、淺綠的山艾，和遠望如球的深綠杜松，有水的地方才看得見稀疏的北美白楊。之間零零落落，會經過一些小到眨眼就過的小鎮，甚至荒廢的「鬼鎮」。有個小鎮原來叫溫泉，後來爲了招徠，改名叫「眞理還是後果」（Truth or Consequences），簡稱T或C。我在一本介紹新墨西哥小鎮的書裡讀到，就一心想看名字這樣獨特的地方。美國有些地名怪異，譬如叫無名或天堂。可惜T或C的歷史雖然有趣，本身倒沒什麼可看。主街上一些不起眼的店，老看到窗口或招牌上寫著「氧氣服務」。這裡空氣乾燥清潔，加上有溫泉，大約是呼吸器官有毛病但錢不多的人就退休到這裡來了。

從索克柔朝山脈曲折西行，灰綠草色覆蓋丘陵，間雜一坨坨深綠圓胖矮松，看去正似國畫裡的苔點。更遠山脈在兩方連綿開去，整個景致如同山水橫幅，尤其是八大山人三、兩筆的豪邁山水。然這不是水墨畫的人文意境，而是粗山厲水的大塊本色。以前讀到「大塊假我以文章」時，奇怪李白為什麼會以「大塊」來形容。這時不奇怪了，不過現在一般看到「大塊」想到的是大塊吃肉、大塊文章，沒人會想到山水。

過麥德林進入聖奧古斯丁平原，我們不斷期待「很大排列」（Vary Large Array）的大天文望遠鏡在地平線盡頭出現。還有多遠？友箏一問再問，按捺不住急切，甚至生起氣來。終於，遠遠一粒白點如菇冒出地表，一粒又一粒，二十七架白色無線電波天文望遠鏡在寬闊的平原上成V形排開，夜以繼日傾聽宇宙深處的聲音。

3

美國有幾個沙漠地帶，大盆地沙漠、科羅拉多高地、摩哈比沙漠、索諾任沙漠和奇瓦瓦沙漠。南新墨西哥的土樂柔薩盆地南部一帶，便是墨西哥奇瓦瓦沙漠的北延白沙漠。白沙漠一帶是當年美國試爆第一顆原子彈的地方，現在是火箭發射庫。我們從拉庫西斯開往阿拉摩郭斗，舉目是一片散布黃草的平地，只有筆直的電線桿排列遠去。過了聖安錐山脈，瓜地魯培山脈從遠方奔來。靠近白沙漠地面開始可見白沙散布，然後白沙丘出現。我們先到白沙漠公園總部打聽天氣情形，管理員說除了大旱，不然整天都風大，能見度低。我們決定第二天一早趁起風前來。流連總部看說明白沙漠怎麼形成的電視影片和展覽，友箏買小本介紹礦物的書，我買了本沙漠遊記，B買的是《新墨西哥健行指南》，準備再回來爬山健行。

上了鬧鐘，第二早不到八點便進了白沙漠。循大路往前開，大片平緩起伏的白沙地，間歇抽了一叢叢的絲蘭和黃草，偶爾有北美白楊，逐漸兩旁隆起白沙丘，終於四面沙丘圍繞。下車走入沙漠，有的波狀紋的沙地踩上去竟如實地。空氣清涼，左右無聲。前後左右是柔美的白色圓弧，背後一片清澈藍天，晨光裡美得奇異。白沙並不白，沒有雪那麼白，而是微黃。我告訴友箏用眼看而不要用腦看，因意識受「白沙漠」之名所惑，以爲所見就是白。他用心看後，宣布白沙果然不白。這裡的沙丘不像撒哈拉沙漠的那麼巨大壯觀，但那遠近一色，仍純粹動人。友箏興奮跑笑，輕易跑上了一座沙丘頂，又從邊緣滑下。沙粒震動沿坡滑下，兩旁緊鄰的沙粒竟似往上跑。白沙漠稀有，全世界只有幾處，以新墨西哥的最大。沙丘隨風不斷移動，植物適應環境長得飛快，否則就讓沙給埋了。有的草根緊抓住沙子，周圍沙丘隨風移走了，單剩下讓草叢抓住不放的獨立沙台，叫「台基」。掬沙在手，很涼，很乾淨，如水由指間瀉下。遠近無人，月牙淡淡印在藍天上。我們只待了兩小時，實在太短。應該如友箏建議的，深入沙丘，橫跨白沙漠。公園總部管理員說是可以做到的。

4

回程北行，遠離阿拉摩郭斗，在土樂柔薩盆地上奔馳。

山在遠方，盆地寬廣如大平原。路上幾乎無車，天地白亮。偶爾一朵雲影覆蓋廣大，我們從雲影駛入陽光，又再從陽光駛入雲影。右邊正是鐵軌，一列貨車經過，車連續不斷，我們從沒見過這麼長無盡頭的列車，好像移動的長城。

經過如朵蒐，右轉上小路去三河區看印第安人的石畫。短短的丘上小徑，兩旁石上許多圖形。有人臉、人形、手掌、羊、太陽和我們不解的線條和抽象形狀。四周旱地，一望無際。風時緊時鬆，一頭黃色野狗滿懷希望地尾隨我們不去。遠方白峰雪頂明亮，西望地平線處白沙漠長長一線在陽光下發亮。走完石畫小徑，回到入口，我們與那四十幾歲左右的女管理員坐在板凳上聊天。她不是本地人，是一回開生活旅行車經過這一帶，覺得是好地方捨不得走了，剛好找到這管理公園的事，把旅行車停下來，一人一狗就在這曠地上住下了。

你晚上一人不害怕？我問。我這文明人是連野營睡帳篷聽見樹聲都怕的。

我膽子還不夠大，晚上我就不出車子了，我車裡什麼都有。可是這裡真是美，尤其晚上月亮從山頭升起，那月色真沒法形容，還有那滿天的星星。

她想要就定居下來，最近開始物色地皮。在如朵蒐附近看了兩家牧場，一家價錢不錯，可惜沒水權。在這裡沒水權就沒戲唱了，便宜也沒用。

我們聽她說，一邊打趣也要在這裡住下來，買個牧場養鴕鳥。話題回到石畫上。她不懂石畫，可是認識有個人自稱是專家。她從辦公室裡拿來一冊裝訂像講義的書，是個叫喬．參德斯的人寫的。

這人一輩子研究這一帶印第安人的石畫，不時就來這裡一趟，聽他講石畫真有意思，他滿腦子就是石畫，講什麼最後都會回到那上面去。他知道很多，還自己寫自己印了好多書，就在這裡賣。可能他說的真有道理，也可能他只是個熱情過度的江湖郎中，誰知道？我是真想有機會跟他走一趟，一定很有趣！她說。

我們買了兩冊參德斯的書，告別了女管理員，繼續上路。

5

一四九二年哥倫布來到新大陸，改寫了整個人類近代史。西方近代史說的是白人征服史，從印第安人的角度，則是種族和文化淪亡的故事。住在美國，除非你刻意留心，否則很難知道任何有關印第安人的事。那些當年滿布這新大陸的印第安人哪裡去了？答案：差不多死光了，沒死的，都趕到偏僻貧瘠的印第安保留地去了。

新墨西哥原是屬於墨西哥，到一八四八年才歸屬美國。而遠在十六世紀西班牙人征服墨西哥以前，這裡是印第安人的天下。他們在森林和草原上狩獵，到西元九世紀左右為沙漠文化取代，穆基陽族在西南，安南薩基族在東北，建立起石屋文化。更晚近善戰的阿帕契族和遊牧的那瓦荷族遷入。

參德斯的書一冊叫《給我那舊時宗教》，談侯匹祖先從三河區域經索克柔區域遷徙到侯匹台地的歷史；另一冊叫《解讀穆基陽石文》或《為什麼我從沒見過白人讀石畫》，作者名下並列舉他是石畫解讀師、史前故事講古人、石文守護人，封面底並標明：得宇宙中心出版社和南新墨西哥考古服務社資助。打開一看，參德斯對印第安石畫的狂熱立即撲面而來。他獨自跋涉南新墨西哥研究印第安石畫二十多年，字裡行間盡是多年孤寂辛勞的酸澀。他不隸屬於任何大學或機構，單槍匹馬，翻山越嶺，仗的不是他嗤之以鼻的學院和官僚，而是一腔不合時宜的偏執。他寫書不像學院研究每個字穩紮穩打，而是把自己的情緒也擺了進去。文裡滿是義憤自得（也滿是錯拼法和錯標點），一再譴責官僚和白人的文化與偏見，並吹噓自己學說獨到。他堅信一般人當做藝術欣賞的印第安石畫不是畫，而是文字，每幅都表達特定意義，譬如敘說故事、表達崇拜儀式、如地圖指點方位等。但解讀石文極其困難，除了需知道基本圖形符號的含意外（每一符號且具多義），還必須知道它們如何組合，與如何利用石塊本身的立體凹凸與地理朝向織入文理等。我們買的這兩冊便是三河一帶石畫的解說，有的淺顯，有的就難以判斷。有幅指引方位的「地圖」，他解讀成指向自己與他的住家的預言，不免有點走火入魔。他寫了二十幾本書，封面註明「宇宙中心出版社」，大概有以誇張做諷刺的意思，可知一腔酸衝。

參德斯的書有缺點，畢竟還是有些趣味。主流書常是一些老套的相互回響，倒是「左道旁門」，偶爾會殺出像「國王沒穿衣服！」那種眞知灼見的驚奇來。有機會，我也想見見這頂著強風大太陽趴在石頭上研究印第安石畫的狂人。

最後兩天在阿柏克基和聖塔非度過，逛畫廊，坐在中央廣場上曬太陽，泡咖啡館，上館子。

初到阿柏克基第一晚已經天黑，又冷，老城區冷颼颼，絕多店面已關，看來又小又荒涼。我們凍餓中隨便進了一家館子，普通的墨西哥菜色，但有位墨西哥歌手背了吉他到每桌唱歌。像典型的墨西哥人，他身材矮小，咖啡色皮膚，戴著寬邊墨西哥草帽，眼神老實羞怯，歌聲多情。我們快吃完了他才到我們這桌來，聽不懂那西班牙歌，只覺憂傷柔美。他唱完友箏一定要我們給十塊美金小費（顧客隨意放在入口櫃台的罐子裡），我們給了兩美金，教他等自己賺了錢再來慷慨。

旅程末再回到阿柏克基老城正是黃昏，金光裡人群來往，陳舊的阿堵壁式建築毫無修飾，氣味樸質竟比聖塔非更吸引人。我們在這裡買了些墨西哥奧哈卡族印第安人織的羊毛氈，還買了幅版畫。晚餐時，B吃到生平最辣的綠辣椒湯，辣得他吃一口就開始打嗝。隔晚到四十哩外的聖塔非去，在有名的「小野狼咖啡館」吃了全程最昂貴的一餐——啊，值得！

在印第安人的土地上

「然後是群樹，是岩石與河川，是火也是風
是礦苗，是化石，是織物，是書與鹽
……
我相信它們的卑微亦如
我相信它們的力量」——洛夫〈雪〉

「我的心以耶穌之名挖出了
以免我嘗試去感覺
我的眼睛以耶穌之名剜掉了
以免我看見眞的東西」——舍爾門．艾立克西《保留地藍調》

1

結果我們沒去西班牙。

機身傾斜準備降落。又看到那重山和黃土，我不禁咧嘴傻笑。B和友箏也一樣。

在阿柏克基機場，我們四件行李全沒到。到航空公司遺失招領處，我們後面排了三、四個女乘客，毫不著急的聊天。服務員微笑問明行李式樣、大小、顏色、內容，打進電腦，一邊和我們閒談。難得見到這樣從容的服務員。「很可能是上了下班飛機。行李一到，馬上給你們送到旅館。你們旅館在哪裡？」「法明敦。」「正好，那附近就有個小飛機場，從這裡常有班次去。行李一到我們馬上轉小客機送去，可能比你們還先到！」但願如此。我們搭小巴士去拿了租車，上路往西北角的法明敦鎮去。

陽光很亮，我們要跑兩百五十多哩路。先筆直朝西，然後右轉直奔正北。一路上穿過沙漠經過山嶺，車輛越來越稀。有時烏雲當頭帶來一陣猛烈雷雨，雨水瀑下根本看不見路，幾分鐘後卻又到了太陽下，好像從沒發生過。這樣倏忽來去的雷雨不知經過了幾場，而新墨西哥州已鬧了幾年乾旱。也越過幾輛印第安人開的卡車，後面總帶了一批深膚寬臉的印第安男女老少，應該是家人。兩旁是印第安人保留地，黃沙平野配上稀疏的乾草，難得看見一棟房子、幾匹牛馬，沿路卻有許多丟棄的啤酒罐和塑膠袋。恐怕是印第安人丟的，他們出名的嗜賭和酗酒。大概邊開車邊喝，喝完就朝外一丟。可以想見那種瀟灑快意。

2

赤地、黃土、白沙、黑岩、藍天。

無疑，又在新墨西哥了。這趟是第三次，要待兩星期。

已經過了七月中。新刀出鞘的太陽金光逼人，灼灼照在身上，皮膚吸了熱好像鐵板，也在熊熊發熱。

大河有時只是峽谷間的一條細流，遊絲般穿過旱裂開來的土地，南下注入墨西哥灣。有河的跡象，看見河岸、沙土和黃草間的一帶綠樹，也有橋，一道又一道，而未必有河水。岩石和沙土，黃草和灰綠的鼠尾草，沙石乾草的氣味，土味中帶微香，印第安人的氣味，納瓦荷族人生活的氣味。荒野、大漠、聖石、聖山、聖水，和鼠尾草觸鼻的辛香。是的，這是印第安人的世界，納瓦荷族人的國土。如果你在這裡生長，也會膜拜山石草木，覺得處處有神靈。

我們西往亞利桑那州去，又北往科羅拉多，然後東奔到大草原邊緣，掉頭往南探訪洛薩．拉摩斯。黃沙漠變白沙漠變紅沙漠，出現了草地、灌木叢，然後見到樹林，然後山脈排開，沙漠再度出現，紅色巨岩如棋子如煙囪如孤堡如管風琴如大教堂零散聳立。

我們並不特意要尋找什麼，除了來觀看天地工程。要從平常那種「看我！看我！」或「看我們人類多了不起」的心態中掙脫，虛下懷來，光是看，讓自己爲景物吸收，爲外在規模所征服。看，這廣大與沉默，這壯麗又且懾人種種，自給自足在那裡，並不需我參與創造，不需我日夜操心。當我吐氣開聲說「哇！」完全是出於讚嘆，而不是自我炫耀——這眞眞讓人心安。

眞好，不需我每晚關燈前上發條，第二天太陽自會升起！眞好，不需我預訂黃昏時自會滿天紅霞！眞好，雷雨前烏雲密布！眞好，夜晚星光燦爛！眞好，這木石冥頑，不是我創作記誦的詩歌章句，不是我數學導出的完美公式，不是我實驗控制下的圖表秩序！這天地無親草木無情隨時會張牙舞爪變成可怕的災難、致命的威脅，這種種讓你癡獃的景物裡藏著不可言喻的神祕恐怖對立矛盾。而你說這一切都好，因爲你不能解釋的整個人敞開來，要拔腿狂奔，要張口大叫，像放了學的小孩，像七月暑熱裡見到爛泥坑的豬。

（聲音1：有車有冷氣有旅館有游泳池，不乾不渴不熱不凍，當然都好。給蚊蠅跳蚤螫一下馬上改口了！）

（聲音2：是，太文明，太隔，太假。我知道，我知道。只能這樣了，且容許我受一點感動、一點激蕩、一點自我催眠吧。就算暫時也好。）

3

一天光色將盡了，我們從亞利桑那州朝東飛奔，從狄賽峽谷回法明敦的旅館。暮色裡我唸《納瓦荷條約——1868》給B聽，友箏沒睡著竟也在聽（姪女笠心總一上車就睡著了）。灰藍色粗糙封面上近似隸書的黑字體：「我祈求神，您不會要我到自己家園以外的地方去。」

一八六三年，美國聯邦政府決定將納瓦荷族人移走，將他們由納瓦荷女神和祖先應許的故鄉，遷到歷史學者大衛．拉分德爾稱爲「早期集中營」的軍管區瑟姆納堡去。將近九千納瓦荷族人由卡森上校率軍驅趕，走上三百哩路，幾乎跨越新墨西哥州的「長旅」。在瑟姆納堡，他們牧羊並勉力耕種貧瘠的鹼性土壤，又貧又病，將近兩千人病死，許多人逃走。四年後，美國聯邦政府終於簽訂《納瓦荷條約》，允許納瓦荷族人回到故地。這薄薄一冊便記了當時納瓦荷代表和聯邦政府代表三天會議的協商過程和條約本身。

離開狄賽峽谷時已是黃昏，有近兩小時的路程在前。在漸暗的天色裡，我唸巴邦奇特酋長的懇求：「我們祖先從沒想過在我們自己土地外的地方生活，我不認為我們該做他們沒教過的事。……他們告訴我們，絕不要遷到大河以東和三皇河以西……我們的神……給了我們這塊祂特別創造的土地，給了我們最白的玉米最好的馬羊。……我們從來都沒違背過你們的指示。你們帶我們來的這塊土地不肥，作物不長，我們帶來的牲口也幾乎死光了。……在這裡好像不管我們做什麼結果都只帶來死亡……現在我像個困境中的女人那樣哀傷。我要去看我自己的土地。如果我們能回到我們自己的土地去，我們會尊你們為我們的父親和母親……」四周廣大昏暗的沙漠似乎放大了巴邦奇特酋長的卑微和悲傷。接下來賽爾門將軍回答：「……你說得對，這世界夠大，夠讓裡面所有人等都與鄰居和平相處。……」我停下來說：「虛偽！」馬上想到美國《獨立宣言》裡「人人生而平等」那句，比項羽「彼可取而代也」的英雄傲世更要大氣磅礴，實踐起來卻驚人的假仁假義。

難怪舍爾門・艾立克西（Sherman Alexie）在長篇小說《保留地藍調》裡，虛構〈美國聯邦政府爲斯波肯印第安保留地所立之十誡〉以諷刺白人政府，其中第二條和第九條這樣寫：

「彼不得擅組獨立自足之政府，因我乃一善妒之官僚機構，凡憎我之印第安父輩所犯之罪我將懲及印第安七代子孫。」

「彼不得僞造任何不利於白人的證詞，惟他們勢將謊言中傷彼等，且我必將採信他們，定彼之罪。」

舍爾門・艾立克西是美國斯波肯族和廓德林族印第安詩人和小說家，以活潑的文字和突梯的想像通過荒謬來描述印第安人的現代經驗，充滿了自恨自憐和對白人的嘲諷，切中要害同時又讓人發噱。從他的小說集《獨行俠和佟托在天堂打架》改編成的電影「煙訊號」裡，愛幻想愛說故事愛穿西裝戴大眼鏡的湯瑪斯說：「你知道什麼最可憐嗎？不是電影裡的印第安人，而是印第安人看電影裡的印第安人。」

4

人到歐洲必去瞻仰希臘、羅馬廢墟，緬懷舊帝國的光輝。這裡，從狄賽峽谷到陶斯到阿茲台克到洛薩・拉摩斯，我們看了一座又一座不同印第安部落的遺址。新墨西哥州到處是印第安先人的遺址，相異於美國大多地方，這塊看來空盪的土地上寫滿了歷史和記憶：被征服者的歷史，失敗者的記憶。對照強者的版本，拼起來才勉強可說是個歷史的完整圖像。

陶斯泥巴屋村落，泥巴牆裡一片寬闊泥土院落，一棟棟如台階上去的泥巴樓，也有單獨的泥巴小屋，一律平頂，尖角和邊緣都抹圓了，模樣敦厚篤實。背後綿綿重山撐起明淨藍天，一條清澈小溪中穿而過，楊柳在溪旁搖擺。屋旁有饅頭形的烤爐，院裡搭著曬衣服的木架。泥巴屋牆壁厚實如勇士的肩膀，用泥磚搭成，再以混草的泥巴糊起。這裡少雨，但雨來會沖去一層泥，全屋每年要重新糊過。牆原來就厚，年年糊便年年加厚。泥巴樓越往上而越矮，開了小如砲眼的方窗。這裡那裡搭了梯子，原來沒有門，爲了安全從頂上進出。現在的矮圍牆原有三倍高，設了瞭望台。敵人來侵便躲進樓裡，抽掉梯子。可以想見和平時的生活：小孩在院裡追逐，女人種地、烤麵包、織毯、做陶器，男人打獵、做弓箭和珠寶、守護族人……，溫馨、親切、熱鬧，有古老相傳的神話和故事，在高低變換的鼓聲裡有星光、營火、歌舞、祖先和神靈。

是的，以現代截然的對照我依舊可以想像那樣的生活，不是落伍、野蠻，卻是原始、平實。我不斷拍照，左看右看，那些王屋像古拙的雕塑，透露出像漢磚那樣雄渾無邪的氣質，有亨利・摩爾的女體雕塑那樣溫厚憨恬的趣味。這村落是歷史保留區，部分開放給族人居住。但除了開藝品店的，少有人願意住在裡面，因爲了保留原狀，裡面無水無電，而印第安人一樣要趕上時代，一樣要求科技的舒適便利。像印第安人當年熱愛西班牙人引進的馬，現代印第安人熱愛卡車，開得飛快。

5

比斯提荒野。

我們第一次到新墨西哥時就想看比斯提荒野，時間不夠只好作罷，這次絕不錯過。

旅遊單上說在法明敦南邊三十哩，走371州道可到。不好找。先是找不到371路，然後找不到進到荒野的7297鄉道。這人煙稀少馬路零星的地方，爲什麼需要數目這麼大的路名？紐澤西是美國最擠的州，馬路號碼最高我也只見到三位數字而已。

371路穿過一片黃色沙漠地，其中一小段灌溉成田地，翠綠一片如奇蹟。沙漠旅行要避開酷曬，最好在清晨或黃昏，我們因此刻意遲午才出發。帶了點餅乾和水，外加一腔興奮。三十哩應一下可到的，怎還沒到？一路上不見指引到比斯提荒野的路標，顯然不是個熱門所在。正好，只是在哪呢？終於出現了一面標誌，說明比斯提確實就不遠了。那我們要左轉進去的7297鄉道呢？減速減速！前面左邊一面路標，正是72開頭的四位數字，一定就是了。

左轉進去，根據旅遊書要在泥巴路上晃個六哩才到停車場。泥巴路上散布了石頭，一道道凹凸像洗衣板，我們一頓一頓顛向前去。兩旁是紅土沙漠，零星長了草。久久看見遠方有戶房屋，想必是放牧人家。欸，那跑的小動物是什麼？土色，有點像兔子。原來是土撥鼠，我還是第一次親眼見到。不時，會有一隻土撥鼠從洞裡奔過沙地，立刻又不見了。顛顛顛，七哩，八哩，怎麼還不見照片上那樣的洪荒野地，只是無盡的沙地？停車讓友箏撒尿，順便下車看看。空氣微溫，陣陣的風颳來。右前方那好像白鹽地的一片，應是我們要去的地方。一定是走錯路了，我們決定掉頭。再原路顛回371路，左轉繼續找路。不久果然找到7297路。還是泥巴路，沒顛得那麼厲害。晃了幾哩景觀開始不太一樣了，出現了一座座奇形怪狀的岩石。是了，這次找對地方了。顛顛顛。停車場呢？一座廢棄教堂過去有一片平地，還有長長一道鐵絲欄，想必就是停車場了。

下了車，強風夾帶沙粒呼呼而來。不像去年春在南墨西哥的風沙那麼厲害，但也夠聲勢。眼裡馬上進了沙子，張嘴牙齒間嘎吱有聲。我背好相機，四面觀望。友箏和笠心早就朝那一座座紅色石乳房跑去，立刻就上了斜坡，正是兩隻出籠的小獸，攔不住更趕不上。好地方！放眼是岩石和沙漠，偶爾點綴了一、兩叢乾草，風撲面而來，荒涼像月表。所以叫荒野而不叫公園，因為正是沒標示、沒步徑、沒廁所、沒水、沒野餐桌、沒垃圾桶，除了地圖一張什麼都沒有任遊客自生自滅的蠻荒。形狀奇特的紅岩灰岩蹲踞在沙地上，天長地久攤開來。出籠野獸不止兩小，B也是，馬上現出猿人本色大步追日，忽然已經趕上兩隻快樂小猴，搶先登上一座石尖，在呼呼風中獨立望遠儼然小天下了。我落後慢慢走，舉相機看遠看近看左看右——我沒見過這樣景觀。

下了一叢岩石，穿過沙地朝另一叢灰色石塊走去。常見木頭化石，看來是木頭，拿在手裡卻是石頭。有的是薄薄木片，有的成塊一堆，還有整截的木樁。不是亞利桑納壯觀的化石森林，但夠我們大驚小叫了。我們沿石間水流沖洗出來的平地行走，然後爬上迎面的石丘。一堆完全鏽了的空罐頭鏽得那樣一致，又堆得那樣隨意那樣恰到好處，好像應該是在美術館看見的即興裝置藝術，叫「時間」。有的岩石如枯骨，有的形如朵朵香菇，有的滿是大小孔洞像海邊礁石。風漸漸弱了，天色也漸漸灰了，遠方有大塊烏黑雨雲，偶爾陽光由雲後照亮，給那一帶的天和雲鑲了一片金黃。

已經過了五點，我們最好在天黑前回到停車場。除了停下來研究石塊，我們幾乎不停的走，在有時起伏低緩如大地縐褶有時隆起如小丘的岩叢間上上下下，好像爬了一重又一重的山，直到天色由金黃轉成昏暗，影子斜長，連短草矮石都能拉出長長的影，暗紅天色托出西邊遠山的黑色剪影，還可見細細像五線譜的電線桿和電線。什麼樣的音樂配合這份景觀？不是精細華貴的古典歐洲音樂。而是印第安人鹿皮大鼓敲打出來直接震在心臟上的咚咚鼓聲，或單支原音吉他樸實寂寞的叮叮回響，配上印第安歌手從丹田直衝極頂感天地撼鬼神的嘹亮吟嘯。（我們後來在陶斯的旅館裡每晚有印第安人歌舞表演，服裝豔麗，舞蹈平凡，但那鼓聲和歌聲卻真撼人，真正表現出了什麼叫「嘯」。那年輕印第安歌手也長得英武，絕不是好萊塢電影裡的白面小生！）但除了我們的話聲、腳步聲和偶爾追逐不去的蒼蠅聲，那野地真正的表達是無聲。

回到停車場，兩小還野勁十足，不捨的說：「好好玩，要再來！」是的，這奇岩沙土世界，除了我們沒有別人，在那幾小時裡簡直是純屬我們的童話國土。雖然覆蓋四萬五千畝，誰都不可能在一、兩天裡走遍，在黃昏越來越金的光下，這旱土沒有「惡地」名下應有的荒涼嚴峻，更像個蠻荒樣本，玩具國似的小山小峽小谷，恰好供我們上下奔走的遊戲場。於是過幾天我們又來了，不止一次。走的區域不同，景觀也不太一樣。相同的是，一進野地我們立刻就想放情直奔。

回到法明敦鎮上已過九點，上四河啤酒屋去祭五臟廟。館子名字好聽，B這啤酒人第一天在法明敦市街地圖上看見了店名馬上就要奔去，只是我們當時在大街開車上上下下沒找到。裡面布置得也算別致，自釀啤酒普通，綠辣椒濃湯夠辣（我們這趟一路點這湯做比較），玉米片夠脆，只是晚餐份量驚人，分明是給豬八戒或六呎兩百磅美式足球員吃的，連習慣只要擺在前面一律掃蕩乾淨的B都忽然懂得了適可而止。

6

開車開車開車！

總是從這裡趕到那裡再奔回來，一跑一百、兩百哩。當天來回，大半時間耗在了路上。是我心目中最糟的旅行法，但有時實在免不了。我們常事先在超級市場裡買好了麵包水果，中飯就地野餐。野餐一無例外特別好吃，因爲有風景，有新鮮空氣，還有走出來的強壯胃口。

大草原。我一心要看書裡讀到的大草原。強納森．瑞班的《惡地》裡連綿無盡的蒙大拿大草原，我在電視上看見過；薇拉·凱瑟爾的《我的安東妮亞》裡波浪如海的內布拉斯加紅色大草原，我在攝影畫冊裡看過。當然，那都不算。北美洲中西部的大草原連貫加拿大和美國，無邊的大草原單調讓許多居民發慌，卻也陶冶出一些非要長天闊地否則沒法呼吸的人。我不知爲什麼想看大草原，也許沒理由，也許愛單純又廣闊的東西。小時看到過一張青海牧場的照片，非常嚮往。後來讀到梅濟民寫《北大荒》白山黑水，也是充滿了憧憬。也許因爲大部分的大草原已經消失了（竟有篇報導說大草原回來了），所以想看。新墨西哥州東部是大草原盡頭，地圖上有幾個國家草原區，至少看個邊，於是我們巴巴朝東奔去。

總是這樣，路越來越直，車越來越少。這次我們把山丟在後面了，地面起伏越來越小，四面八方一大片天地，正前方只見天還沒見草的地方應就是大草原。然後在草原裡了——短草草原，不是高過人身前俯後仰有如青紗帳的長草草原。不時可見牛馬群悠悠吃草，偶爾一樹獨立四野，樹旁一棟屋想必是牧場人家。馬路如緞帶在一色綠原中柔軟上下，沿路兩行電線桿整齊牽起琴弦似的電線遠去，這風景三、兩筆就了事，除非你像我正要這樣風光，不然恐怕早就呵欠直打大叫無聊了。《大平原》裡，伊恩·弗瑞傑寫他帶牙買加·琴凱德到大草原去。琴凱德來自東印度群島的千里達，到了美國後先在紐約住了很多年，然後定居丘陵起伏的新英格蘭，她從沒看過那樣的天地，形容：「好像有人張口打呵欠，那呵欠就一直打下去打不完了。」琴凱德擅長一語點睛，那形容的本事有點像張愛玲。

遲遲不見我們要的國家草原區標誌，一旁路標卻指明側路可到峽谷營地。於是我們轉上泥巴路，從還算平坦寬直的泥巴路下到曲折顛簸的石頭窄路。如果在這地方爆胎？B不時會表現極端的唯心主義，也就是孔孟「吾心信其可行，則移山塡海在所不能」的蠻勁，換個角度可說是一廂情願。沒問題，不要擔心，他說，繼續操租來的小車勇猛顛撲前進。前面意外一輛來車，錯車時見是一對中年夫妻帶了小孩。B問那顯然是父親的駕駛，路還好嗎、好看嗎，他說沒問題、值得值得。開始看見底下綠水中切，兩旁金黃岩壁分立，河岸一片綠樹。嗯，景色不錯。終於顚到谷底露營地，還有野餐桌可用。下了車，十分悶熱，山坡上見到的一片綠其實是稀稀落落無蔭可遮的矮樹。趕緊各自分頭上廁所，然後找了最近一張勉強算有點蔭的桌子，在蒼蠅嗡嗡和一陣陣要颳走紙袋立刻吹乾麵包的風中吃完。吃完收拾了，順旁邊羊腸小徑排枝走到河邊，改由下往上瞻仰峽谷風光。站在河邊石頭上，只見兩旁石壁，中間淙淙一片水，果然是峽谷姿色，只是不知爲什麼叫加拿大河。不久我們就走了。

7

在新墨西哥北方旅行，一定會撞見卡森這名字，也就是前面提到的卡森上校。開車來去，少不得看見路標上寫卡森國家森林公園。打開地圖，北方大片綠都標明是卡森國家公園。

克特．卡森（Kit Carson）當年是個傳奇人物，盛名正中時，市面上有許多書大肆描繪他的事跡，是當時小孩心目中的西部英雄。陶斯有個卡森博物館，館址正是他當年住家。卡森博物館入口的牆上解說刻意爲他正名，駁斥一般以爲他痛恨印第安人的說法。當年美國軍隊掃蕩印第安人的許多行動，都由卡森帶領，因他不但熟悉西部，而且精通許多印第安族的語言和文化。卡森的頭兩位太太都是印第安人，第二任太太生了個女兒。解說特別提出，卡森娶了第三位太太後，收養了和去世二任太太合生的混血女兒，可見他並不痛恨印第安人。這解說完全錯失重點，讓人驚訝失笑。在當時強烈的種族歧視下，卡森兩度娶印第安女人這事本身才意義不凡。至於「收養」和前妻生的女兒算什麼！混血歸混血，難道不是他親生女兒？除非隱藏了混血便不算眞正子女的邏輯。理不直氣不壯，越描越黑。

8

這趟旅行，像第一次上新墨西哥，我攝了幾張印第安人的照片。

在亞利桑納停車加油時，我從車裡看見兩位穿了傳統服飾的印第安老婦，坐在加油站小店前陰影裡的板凳上講話，立刻感覺她們周圍的時空一變。後來我到小店後院裡等上廁所，其中一位納瓦荷老婦也來等。她滿臉皺紋神態安詳，我極想把她攝下來，又自覺魯莽，猶豫一陣終於忍不住比手畫腳問她可不可以替她照張相。她直視我半天，似笑非笑神色不解，分明是老祖母看見孫子調皮而啼笑皆非，翻譯出來是：「你爲什麼要做給我照相這種蠢事呢？」最後她說了幾句納瓦荷話，想必是見我荒謬可憫因而慈悲應允。那表情我永遠難忘。

在狄賽峽谷，一位年輕的納瓦荷族母親帶著兒子擺攤賣項鍊。像一般納瓦荷人，他們的攤子不是擺在地上就是擺在卡車後車廂。卡車旁地上鋪了張紙上面放了木頭化石賣，一塊塊拳頭大的化石，比我們在比斯提荒野看到的都大，都完整漂亮。我們問那母親價錢，她說問兒子，是他的化石，他在賣。小男孩大約四、五歲，兩條黃鼻涕掛到嘴，圓圓的黑眼睛，笑咪咪。原來都是他在狄賽峽谷撿的，我們買了兩塊，我還給小男孩照了張相。也是在狄賽峽谷邊上，我買了些項鍊和陶器，順便照了那兩位擺攤的印第安婦女藝人的相片。都是中年人，褐色皮膚，五官分明，看來世故、精明、強韌、美麗。《保留地藍調》裡，天主教會的阿爾諾神父初到保留地時，覺得那裡的斯波肯族印第安人美得驚人，後來發現凡是印第安人都好看。「想必是眼睛。」他終於做了這樣結論。

在我，印第安人好看，與其說是長相，不如說是氣質，素樸、粗獷、紮實，農人可能還保有而在城市人身上已經消失的氣質。我沒那氣質，一看就是典型的溫室花草。就算我在印第安土地上生活個幾十年，必也顛撲不出那天眞未鑿的氣質。氣質無法即時訂做，像童年無法挽回。

9

色彩！新墨西哥的天空便是色彩本身。

安叟．亞當斯有幅彩色攝影，照黃昏時刻冉丘．陶斯附近有名的教堂。紅棕色阿堵壁教堂，背景的天是整片深紫。畫家吳爾夫．康畫新墨西哥黃昏，畫面也是大片飽和的藍和紫。我見了不禁大抽一口氣：那樣的黃昏我見過！

法國導演艾瑞克·侯麥有部片叫《綠光》。綠光是黃昏盡頭可能出現的一道綠色光芒，據說難得一見，我只在茅夷島的明信片上看過。那天我們從比斯提野地上路回程不久天就黑了，全黑前，橘紅霞光邊緣竟確確實實有一道綠光——終於看到了！兩小已經睡著，B開車得看路，我一直看那綠光直到它消失不見。綠光真的出現過嗎？我沒法憑記憶重現那綠光顏色，但確信看過，B和我都看到了。

以天地丈量

1

拿天地來丈量，人縮小了，也放大了。這既大又小，是件有趣的事。

譬如在新墨西哥，有時路上只我們一輛車。極目遼闊，適合神思跑馬。但天地這樣實在又這樣好看，費神苦思做什麼？隨便亂想正好，正經去傷腦筋就有點殺風景了。更何況面對這樣全盤將人收服的景致，個人繡花似的小思小想做什麼呢？

思考是室內活動，是人關在四壁裡做的事。一旦走出門，尤其到山野裡去，草木石塊都誘你左右張望，鼻子裡有花草的氣味，耳朵裡是風聲水聲鳥聲蟲聲，皮膚上註冊了風的溫度和速度，五官全開，整個人充滿了外界的大小訊息，你跟都來不及，哪有空去思考（更何況是抽象思考）！最好像動物一樣聽憑本能，無思無邪就好了。

可是不思不想多難！神經訊息變成感覺，感覺進一步就要變成想法。好像一滴水濺起圈圈漣漪，更何況不知多少大滴小滴同時激濺。你驚歎，想要是風花雪月的大情人，想要是縱酒高歌的英雄，想要是馳馬草原的游俠，想要是畫家、詩人，又想要是隱士和哲學家。你熱切地想要經歷一切，想要理解，想要表達。

旅行時我常覺得心神振奮，像波特萊爾說的：「心靈著火了。」一下子驚歎紅土山岩美麗，一下子想要給那天的藍色命名，一下子又想到感動的來源，想到美感在人類進化中的意義（譬如美感在進化中有什麼功能），想到神、宗教和《聖經》、《可蘭經》、《佛經》這些經書的內容，想到藝術、科學和極限。這些念頭跳進跳出，好像五顏六色來回衝撞的電動彈珠叮叮噹噹在腦袋裡玩得好生熱鬧。這時心神如電，快捷有如天馬行空。可惜那種「神來之筆」，到家前也就煙消雲散了。

2

面對這樣空闊景觀，攝影是個問題。

當你面對一片除了大遠景沒有其他的景物，馬上的困難是：怎麼表現？二度平面怎麼可能表現那三度空間的深度、廣度和空曠？

翻出書架上的風景攝影集，我發現多是長鏡頭拉近了的特寫，放大局部以塞滿構圖，少有專注於表現全景，尤其是荒蕪闊大的景致，這要到畫裡去找。西畫裡也難找到雄渾的山水，更不用說敞蕩的畫面。西畫有各種情趣，從高貴肅穆到憂傷俏皮都有，但不包括雄渾或空靈。西方古典的戲劇性構圖總把主題像道具擺來擺去，然後用顏色和線條塞滿。空間，尤其「空」本身，似乎不吸引西方藝術家的興趣，甚至激起他們的恐懼或鄙視。就算是建築，空間也不是首要考慮，而是建築實體本身。所以精雕細鑿繁花重彩，都在誘引視線到實體上。哥德式教堂以筆直上升的線條表達高聳的空間，而那空間封閉幽暗，像豎起的隧道，並無外在空間的浩瀚自由。反而是幾塊直立的巨石或斷壁殘垣的古神廟，才眞具備了神殿的氣象。那無頂無壁參差斑駁的石柱化解了內外分界，結合了天空和風雨，無心中展現了「空」，蒼涼莊嚴，說不出的動人。

連美國有名的畫家像艾柏特・畢爾斯塔特（Albert Bierstadt）的西部畫也顯得太過死板，局限在歐畫傳統，大山大水也擺成了道具，小眉小眼地擠在一起，氣勢全無。西畫的力在麥克朗基羅的素描以後，要到印象派才有了勁。古典構圖打破，色彩狂野，眞正是把人的精神和視野從舊框架裡釋放出來了。看得見那些披荊斬棘的畫家，存心表現類似中國詩詞繪畫所追求的神韻、氣象之類的東西。

天地的坦蕩，因此要在水墨淋漓的國畫山水裡才能找到。對應天地的「空」，留白應是東方水墨畫裡最神來的一筆了。而且不止是留白，水墨長卷如風景自身橫披開來，山山水水間總不缺大片小片空白，似乎主題不在畫「有」，而在畫「無」。當我面對猶他州、新墨西哥州、亞利桑納州闊大的山野天地，必須在心裡來來回回對照比較水墨山水和西洋油畫，再從眞山實水裡去細細觀察體會，才能理解中國人所謂氣韻和意境的眞義。無論如何，氣韻和意境也可以變成陳腔濫調。其實水墨山水我常看得慨一息，那一派空靈淡遠成了公式，反讓人嚮往世俗酒肉。眞正把握了有和無，捕住景物的姿態氣勢的，還是少見。

我在新墨西哥照相因此像玩笑。相機把天地切出一塊塊明信片大小，變成了可以隨意丟棄的死標本。只能感嘆可惜，還是忍不住舉起相機做傻瓜（大概該做傻瓜時便做傻瓜，也是智慧。）

3

其實，論高新墨西哥的山不夠高，論奇也不夠奇，可是關係感受的事，做什麼統計排名！

我們每到新墨西哥就不想走了，今年又想做第四遊。那天地光色獨特，讓我們吐氣開聲說：「啊！」我們到山裡去，到沙漠去，走得氣喘腿酸，經常四顧無人，就是頂上的天腳下的地，幾隻飛鳥和蒼蠅，在明亮的陽光下。那有什麼好喜歡的？也許沒什麼。但我們走出了四壁脫離了城市和郊區，我們在「這裡」，不是來征服役用，也不是來頂禮膜拜，而單是來置身天地——這樣無情美好，而且全不須我勞動分毫創造，讓我永遠都驚奇感激，無法表達。

寫作最難的是：怎麼傳神？汪曾祺有句話說到刀口上，他說自己「不慣以小橋流水之筆，寫高大雄奇之山」。

我馬上想到：我能以島嶼城市之筆，寫草莽大塊嗎？更何況加上了性別障礙。多少次聽見人說：「我以爲張讓是男的，而且是個老頭子！」好像無論如何，「第二性」只能寫寫身邊瑣碎、工筆文章。我剛好是嚮往那種筆下剛健甚至傲世的，像李白和尼采。我的力氣足夠對付幾根豆芽，至於剛健？可疑。

4

另外有個問題：山水可有語氣？

每篇談旅行的文章各有自己的語氣，作者的思想感情化成敘述貫穿一切。那山水呢？山水可有語氣？

我常覺拿文字搬不動生硬的山水。山水有表情而無感情，似乎並沒有自己的敘述。當然，我發現自己錯了，大錯！山水其實充滿了敘述，從地形地勢到草木鳥獸到色澤氣味，在在是語言，有自己的字句、段落、標點，充滿了自身抑揚頓挫的節奏。問題在我不能將山水原封不動搬進文字，除非經過符號的簡化。即使畫家也不能原封不動把山水搬到畫布上，畫面上的山水已經過了減縮，是表現而不是複製，再怎麼寫實都不實了。因爲：人不是玻璃，透明度低，折射率大；而且，畫紙畫布太小了。

連繪畫都這樣，那人的語言文字和山水自然的語言文字距離就更遠了。說穿了，從攝影到文字捕捉山水，多少都是徒勞無功的事。表現的最多的是：自己。這份了悟，其實我也早就知道的。

需要走更多些地方，學會自然的語言。等山水通過我而在文字裡再現，我便能修正剛才的話了。

光亮的世界邊緣

1

我覺得新墨西哥已經夠大夠懾人了，等讀到強納森．瑞班的《惡地》，寫蒙大拿天大，地大，沒有盡頭，好像那才是真大。

一片齊人高的大草原在風裡搖蕩，應是什麼景觀？像海？像沙漠？高中時聽見說：「看到一大片顏色就好感動！」覺得誇張到濫情。好多年後自己經驗了，才知一點也不錯。

美國作家薇拉．凱瑟爾《我的安東妮亞》裡，寫敘述者傑姆小時躺在內布拉斯加大草原上，頂上是遼闊的天，底下是遼闊的地：「我覺得快樂極了。也許我們死了感覺就像那樣，變成某種整體的一部分，不管是太陽還是空氣、良善還是知識。」儘管沒幕天席地在大草原躺過，我知道突然間天人界限消去，人融入天地的狂喜之感。

《我的安東妮亞》讓我想到布希特《小鎮》裡的小男孩強西，他總是胡思亂想，失落在那飄渺的快樂裡。像：「強西相信他可以在雨滴空隙中跑，只要他能跑，就覺得自己身子既小如山雀，又薄如紙，能在雨滴中溜過……」不過他的想像和大草原無關，《小鎮》寫的是開發俄亥俄州的事，是繼《林海》、《田野》之後，大地三部曲的完結篇。我高中時代讀湯新楣的譯本就很喜歡，現在讀原著還是喜歡。湯新楣譯筆不但通暢，而且充滿中文韻味，幾乎比原著更好看。

2

《紐約時報》報導，最新美國人口普查結果出來，中西部幾州人口越來越稀，白人外移，印第安人逐漸返回，草原恢復了白人農耕前的風光，野牛也多起來了。「也許白人開墾大草原可說是個歷史上的意外。」報導裡甚至有這樣樂觀的句子。

想像印第安人曾在這大地上遊牧定居，不征服也不役使自然，只是恭敬地取用所需，時時感謝護養他們的動物草木。可悲這樣的文明消逝，讓具高度侵略性的科技文明取代。現在也許印第安人有機會重回那生活方式，至少，回到他們的土地上。

難得讀到這樣的好消息，多是郊區怎麼蔓延無度、水土破壞多麼嚴重之類的。我高興想：大草原回來了，一定要找機會去看看。

美國大草原綿延中西部好幾大州，西邊直到蒙大拿和新墨西哥。我們十五年前從安那堡開車搬家到科羅拉多，經過愛荷華和內不拉斯加，並沒看到迎風搖曳的大草原，只見走不完的單調平地。就像威廉．最小熱月在《藍色公路》裡說的：「距離吃掉了速度。」我格外記得那睜眼張望地平線盡頭的不耐煩，不知什麼時候洛磯山脈才會像奇蹟一樣在這空盪中出現。

在大草原上旅行需要信心和耐心。經常開車跑了幾個鐘頭，還是同一片天空和草原。這裡空間似乎以無限丈量，如果能夠，一個人可以夸父追日的步子大踏走過，和在家腳踩金蓮步迎面就撞到牆，或在城市裡以區塊計程全不能比。所以瑞班在《惡地》裡說：「能在這樣清澈的天空下看得這麼遠眞暢快，簡直就危險。」是說人在這裡極目千里，身心舒展之餘胸懷跟著大了，有了大志，有了野心，不知不覺做起購置田產坐地爲王的大夢來。不然是心曠神怡之餘，只想躺下來看雲，或像美國俗話說的，坐下來「看草長高」。我想的是：若能找塊突出的巨石墊臀，看黃昏以兩百七十度環形展開，讓想像快於風中的草浪八方縱橫，多好！

3

美國歷史由東向西發展，從新英格蘭跨過密西西比河大概不下從英格蘭跨海到新大陸。十九世紀時，美國人從阿帕拉契山頭遙望內陸，榛狉未啓，簡直就像蠻荒。而對有些紐約以外就是鄉下的紐約人而言，過赫德遜河就是西部。

我總錯覺西部要到了洛磯山才開始，其實，地理上眞正的西部從美國中間就開始了，由明尼蘇達、愛荷華、密蘇里、阿肯色和路易斯安那五州的西界一線劃分，佔去了美國大半。地圖上看，這一線以西的州幾乎都方正大塊像刀切的一樣，看懷俄明、科羅拉多和新墨西哥四四方方像手帕，簡直不像地圖上應有的形狀。

十九世紀開發內地，開發蒙大拿要等到二十世紀初。東岸已經太擠了，火車帶來機動的機會，在美國政府和企業合作鼓吹之下，西部突然變成了另一塊新大陸。那些在東岸或在歐洲老家不得志的人夢想新天地，便帶了一點錢和家當，搭新火車轟隆轟隆朝西進發。到了地頭一看，除了長草空空如也，但拿鐵絲四面攔起，忽然名下就有了幾百畝地，剩下的就是苦幹。有夢想撐著，暫時不求太多，隨便搭個木寮安身，裡面一鍋一壺一桌一椅一床之外，就是四片板牆。但出家門放眼一望就是自家江山，他覺得像個王，沒半點需要向人低聲下氣的地方。他不需做飛越關山的白日夢，只要老天下雨、草長牛肥，這裡就是伊甸園。有人在大草原上住慣了，換個地方就覺得侷促，眼光老給樹木山脈房屋擋到，全身都不舒服。

墾荒極其艱辛，土地無求於人，大草原安於做它的大草原，而農耕要求勤勞不息的血汗換取。尤其開發像蒙大拿這種乾旱地，需要孤注一擲的浪漫，更需要人定勝天的頑強與樂觀。這種堅持，瑞班說是信仰，一點也不過分。

4

《我的安東妮亞》裡，充滿了內不拉斯加大草原四季景物的描寫，表現出薇拉·凱瑟爾對土地，與人依存大自然生活的讚美。安東妮亞經歷千辛萬苦而生機爛漫，孩子一個接一個生，好像直接由土地汲取生命，不亞於綿延不絕的大草原草（prairie grass）。

我從沒在土地上生根，直接由泥土攝取養分的經驗，連養花種草都不很在行。我離大自然太遠，裹在重重文明之中，一層比一層更抽象、失眞。不時，舉目四望周圍貪婪而又貧瘠的美國文明，不免想要逃跑。讀傑姆·哈瑞森的長篇小說《歸鄉路》，很能認同裡面老畫家的心情。他年輕時到芝加哥去唸書，懷念家鄉地廣人稀：「如果我不能有大草原的空盪，至少要有一片北方的濃密森林。」像《我的安東妮亞》，《歸鄉路》裡充滿了對自然的孺慕之情，多了對文明的批判。

大草原到新墨西哥東部就到了盡頭，再往西便是重重山脈和沙漠。凱瑟爾另一本我更喜歡的長篇小說《大主教之死》，背景就在新墨西哥。我喜歡新墨西哥，幾乎任何和那裡有關的書我一併都喜歡。我總覺無能以文字把握新墨西哥的景觀，而凱瑟爾一遍又一遍，以文字將那裡的山野沙漠雲影天光喚到眼前。最動人的描寫在小說之末，大主教將死之年，一再返回過去，回憶當初艱苦跋涉到新墨西哥這荒旱之地，到最後以異鄉爲家，不忍離去。凱瑟爾寫新墨西哥乾爽帶草香的風最初給他的感覺：那種陽光，那種「柔軟、野性、自由」的東西，只有在「光亮的世界邊緣，在廣大的草原或山艾樹沙漠上」才呼吸得到，將人囚禁的性靈釋放「到風裡，到藍色與金色之中，到陽光裡去，到陽光裡去」。寫出了我寫不出的，對新墨西哥的感覺。

我們到過新墨西哥兩回。那裡的天空、陽光、山脈和沙漠如凱瑟爾所說，將我們釋放出去，不想再收回來了。於是我和B也做起夢來，不是佔地爲王，也不是關係牛羊、降雨和收成的幾百畝大夢，而是很謙虛，可能也很不切實際的，只要一棟泥屋，端了咖啡站出門便能收攝整片天空的夢。

去年夏天，我們在新墨西哥見到絕美的落日，在離陶斯不遠的路上，飽滿的橘紅、靛藍和深紫橫過西天，地平線一帶餘光剪出遠山綿長的黑影。我在空曠的暮色裡照相呆看，一旁父子倆走遠了去撒尿。不能不說他們這才真是天然本色，臨景撒尿，可比橫槊賦詩了。

卷四

在一個醒來的夜半

1

望進空無。

空無是句子間的停頓，歡笑過後的沉寂，轉身之際的惘然。空無是你我間的距離，記憶中的一段落差。

空無是眼前的空間，是我內部這個壑。你看見我頭顱中空如通風的閣樓，胸腔洞開像一座走廊。

你看見我是空無一物的皮囊。

2

有一個待解的疑難，不斷侵蝕生命如衣襟摩擦傷口。持續走去，所有疑難通往一個終極的未知，一個眞空。陷落。不知道這一切爲什麼，不知道爲什麼要知道。有時，在一轉瞬間，現實消解無形，腳步踏空，盲翳在目，生命變成巨大的飢渴和恐慌——什麼？

問題，更多問題，還是問題。

而知道縱使有所謂答案，事情仍沒有解決——活著，這是問題本身。

問題是：要吃喝，要性愛，要排泄，要快樂，要安心，要問。問題是不應該有答案，有答案的不是眞正的問題。正如死亡不是生活的一種方式，可知不是神祕的內容。問題，爲問而問——我們是發問的動物。

3

夢中巨大的陰影籠罩，我們正急速墜毀。

他說，他壞了我的事。

誰？

神！

這是恐懼的時刻。我恐懼已知，同時恐懼未知。已知未知之間，是人力的微渺，是意圖據有的荒誕。

一件事將要發生，而不管什麼，要發生的將發生，我不能站起如巨靈，攔阻空間，逆轉時間。然而我想像自己龐然站起，頂天立地如不可撼拔的樑柱，狂歌大笑如凱旋的英雄。

那膨脹的想像有如炎腫的傷口，一個人捧著傷口，紅色的擴張，紅色的脈搏，紅色的擊打，痛的節拍，一二三四，一二三四，提醒生命的欲求，所有的失望和想望，拒絕忘記，拒絕放棄。拒絕。

望進恐懼，這是生存死滅的奮爭。一個人說生命便是受苦，活著是爲受苦尋求意義。沒有人說活著是爲快樂尋求意義。烈日下我們低頭看見陰影，而不是滿地陽光。恐懼這樣籠罩一切，每一刻重新定義存在。彷彿在光與影的邊緣，明暗出入，色澤藏閃。我仍在起落之間，失速旋轉，劇烈動搖。我不復知道，不復肯定。

4

走在空無裡。

新的東西舊了，年輕的人衰老了，蜘蛛網在每個可見不可見的角落，灰塵無邊落下。腐敗的過程，毀滅的必然。這是知識，這是現實。我不爭論。我往前望，空無。我往後望，歷史。記憶在想像裡，過去在眼中。

如果前瞻的眼光夠遠，我們在鏡子裡看見自己的枯骨，骨下因爲肉體死亡而肥沃的泥土。誰能與空無對視而不感到徹骨冰涼？誰能豪壯笑開死亡？片刻的憤怒否定一切，轉瞬的黑暗翳盡光明。動靜不止，流轉無常，來去之間什麼固定意義，成爲可以把握，可以依賴？沒有。

只有一個終極的想望，那是永恆：延長所有短暫，空虛便會產生意義，淺薄便會變得深刻，我們便會淨化、值得。誰能爭辯？空無的對面有人強烈的欲望：生的欲望，安心的欲望，快樂的欲望，死的欲望，毀滅的欲望，自我折磨的欲望。

神是欲望的創造。

5

夜半醒來，清醒如鐘，思潮在黑暗中敲擊、振盪。句子以生命的形式延展開去，不斷生長轉化。概念呈現、建築、完成，一座雄偉美麗的大教堂巍然站起。

醒來，肥沃的黑暗裡我明亮如一盞燈——我在創造，或者，被創造。一個完美的架構，以理性爲骨幹，感性爲血肉，天衣無縫結合，宏偉、壯麗、神祕，剛與柔平衡在危殆的一點上，以無比的堅毅，同時，又以不可思議的脆弱，喚起錯綜複雜的感動。美的極致，一切矛盾的爭戰和妥協，天與人在這裡相見，過去、現在、未來在這裡匯集，肅穆莊嚴卻又狂野有力，是動，是靜，是感，是知，是不可言說的深邃和明白。

我想像一種美，在一個醒來的夜半。第二天我再度醒來，那神祕的架構，那宏富偉壯的氣象和生機顫動的美感已經消失。我無法再追尋夜裡想像的蹤跡，如林野中一條恍惚但確切存在的小徑。除了一點稀薄的印象，我不能重建那理性感性天地神人交融的完美。我竭力思索、記憶，只見遙遠微光，在重重的霧氣中渙散、消失。夜裡的神通、想像，彷彿一個玩笑，一個謊言。

早晨醒來，只是平凡的現實，牢固如磐石。

6

一個陽光的日子我高亢振起，響徹天地。然後我在這明亮生機中看見短暫，我看見陽光收束以後，那一個又一個陰鬱的日子。即刻，我穿越陽光所投射的所有樂觀，直直望進空無，那死滅的中心。

然則，爲什麼短暫便得是虛無？爲什麼死亡立即取消一切？什麼使人相信極樂或天堂才是終極的智慧？如果永恆才應該，如果神在，爲什麼自然以短暫無常的方式存在？沒有別的，除了人對永恆的想望。是以永恆的無上並非先天絕對的理念，它必須源於死亡對一切的籠罩和定義。不管以什麼方式，人要征服死亡。如果不能在現實的領域，那麼，在想像的領域。自然可以判我們死亡，而不能消滅我們在想像中對死亡的蔑視和超越。

因此，短暫並不等同空無。尺寸之間，長短之外，掌心有溫暖。每一個陽光的日子仍是鏗鏘的現實，每一個生死來回仍具有不可否定的意義。我喝今天的茶，吃今天的飯，走今天的路。一粒米是一粒米，一口氣是一口氣。我不談虛無，我談存在。我不談永恆，我談現在。意義在春夏秋冬，冷暖明暗，在每一個轉瞬，時間不是計量。

於是，張大眼睛，持續走下去。一個壑要求被塡滿，一個概念尋找內容，一個人平衡陽光和陰影、生存和死滅、意義和空無。

雛菊和百合

五月一日，我買了一束白色雛菊和一把滿天星插進玻璃瓶，做了幾道素菜，請了妹妹妹夫來，晚餐時大家舉杯紀念母親，那個忌日便過去了。

母親很早便願自己死時俐落，不牽累任何人。她沒如願，從冬到春，逆自然循環的方向，緩慢痛苦死去。當時毫無春意，我們每天進出醫院，彷彿照常生活而萬端沉重。那不是我們的春天。

春天不是死亡的季節，然而是在這樣美麗的春日我們象徵過了母親忌辰。春天裡畢竟有死亡。馬路上總躺了死松鼠、死浣熊或死臭鼬，甚至死貓、死鹿，先讓過往車輛壓得血肉模糊，然後剩下一層乾皮，終至不見，或在路旁腐爛。我總掉開眼不忍看，或看一下而迅即轉開視線。草木生機正發也不免預兆死亡，新葉初綠，許多早春的花卻已經謝了，白花粉紅花飄落如雨，終於爛在土裡。花期短暫，人生也不過是短暫花期。

餐廳一只玻璃書架裡我放了張母親旅行黃山時拍的相片，還有她一串珠手鍊，珠鍊中央安放了尊金屬小佛。我並不供奉祝禱，那簡單擺設只象徵對母親的思念。有時自問：需要這樣擺設來象徵嗎？因爲事實上，不需要任何外物提醒，母親總在我心中。不時她還會來到夢中，像我和弟妹仍未長大離家前那樣，做一千件事操一萬件心，日夜不休，獨力撐起美好家庭的幻象。說幻象，因那美好裡藏了許多相反情事。而無論如何，想到在家時喚起的是太多又太多溫馨的回憶，在那些回憶中心如太陽系中央有個穩定強大的光源，那是母親。

母親的眞相是在日常生活中遭受子女踐踏，然後升格成光、成神，這是現實和神話間的出入。可是每當我想到母親，便無法不掉入譬如光與熱這些最庸俗的比喻裡。想到母親，這世界就有了光，就還値得。回過頭來，現在我也身爲母親，是否我也給孩子同樣的光？其實，母親與孩子，同樣給予世界亮光。似乎，中年以後，想起宇宙人間種種，最常出現心中的詞彙是黑暗、荒涼與對面的光明和溫暖。經常感覺如在乾燥荒涼之地，沒有水，沒有支援。而事實當然不是這樣，我生活安定舒適，只是偏愛尋找世界的裂縫，怕若不正視缺陷便會遭輝煌的假象腐化。這種貧瘠悲涼之感，是來自失去母親嗎？還是我太過悲觀？母親曾特地教我不要只看世間陰暗面，而我知道（在很晚以後）她自己經常面對生命的裂縫，好像站在大風的懸崖邊緣。當我們享受天真無邪時，她必須每天沉默地鼓勇向前。我們不知道看來輕鬆愉快的生活，竟而需要勇氣，更需要體諒。我們一個個都站在她肩上，看見自己、未來，但不看見她。想到母親，眼睛似乎泛出無形淚水。妹妹說夢見母親消瘦如骨來道別，她說不要走不要走，然後泣不成聲。我們未曾替她做過什麼。

不再能，至少目前還不能把母親和死亡分開，而把母親和死亡想在一起是我最不願意的事。我要想她充滿生命，如夏天的花園。我要想她稚氣羞澀的笑，她永遠不失的赤子之心，而最常泛上心頭的是她臨終枯槁的樣子。母親生前的信和一點她的手稿，我始終還不忍取出來看。母親臨終病房裡，親朋送的百合花放滿了那嗆人的香。百合成了殘酷的花，帶著死亡的香氣。現在見了百合花，我會遠遠走開去。若毫無防備聞到，便好像受了一擊，就算大陽光也馬上暗下來，布滿了死亡。

那束白色雛菊開了兩星期，到母親節過後才開始凋謝。那兩星期裡，每當我走過餐廳，那束白花好像在發亮。是通過花草、陽光、星辰、風雨這些東西，我重新想像母親已經一乾二淨化入宇宙一切，不再有靈，不再輪迴，只是來過一遭，然後隨風進入永恆。清虛空白，正是美好的終點。

好快，母親去世竟已六年。

一九九五年五月某一天

七年前五月某天，世界各地有許多人死去，其中一人是我母親。

每年春天時我想起她。

春色裡好像有分明的矛盾。

芽葉初發，嫩生到我見猶憐，到簡直要經不起這世界的堅實，在輕輕一瞥裡就枯萎了。

同時，在這樣破空一啼的歡慶裡，在人頑固的行進以外，白花飄然的茱萸樹下，生與死總是安靜對坐，像從容談笑的和尚和僧侶。

我重新想到曾有一段時間母親活著，像永不停止運轉的馬達，讓我們一家高高興興，然後，她死了。

難得去年清明節時我在台灣。那天餐桌上有一瓶學生家長送給弟妹的花，滿屋百合死亡的甜香，我特別覺得刺鼻難忍。小弟和弟妹打算拿花去寺裡祭母親，我一點都不想去，一點都不覺得那收藏母親骨灰的佛寺和我母親有什麼關係，和我有什麼關係。我心裡堅拒將那佛寺等同母親。

廣播說路況擁擠，那天結果沒去成。小弟和弟妹畢竟另找了一天去，小姪子姪女回來笑說去和祖母聊天，求她保佑，就像探望的是活人。那樣天真那樣無礙——唉，正是無礙最難！

我曾想寫本記錄母親死亡的書，叫《至哀書》。沒及時寫成，只斷續寫了幾篇紀念文字，現在時機已經過了。倒是前前後後讀了一些別人寫的悼亡書，包括兩本法文翻譯的《最後六十天父子情》和《位置》，還有朱天心的《漫遊者》，又意外在葉錦添的《繁花》裡看到兩篇寫他父母的文字。都是和我年紀相近的人寫的，人在中年不免開始送死了。生命的時序就是這樣。

作爲人子，能怎樣追悼？以前中國人的悼辭多在頌揚和追憶死者，現在呢？《最後六十天父子情》和《位置》卻都在懺悔，而且是強烈懺悔。亞蘭・維康德雷嘆悔和父親太冷淡，安妮・艾諾公然告白曾鄙薄父母。骨肉至親而眞實關係卻那樣遙遠森冷，讓人悚然，雖然我一直都知道正是至親之間才埋藏了最不可告人的眞情。

我的《至哀書》也會成爲懺悔嗎？我也有所追悔告白嗎？

當然有。然我不可避免爲我，像母親不可避免爲她自己。愛與被愛是一場緩慢迴旋的祭舞，裁成過錯和饒恕便簡化太多了。誰沒走過自我譴責的路，願望事情能夠重來？意識把一切化爲恩與仇、對與錯、罪與罰、救與贖。太重，太重了！有一件最簡單自然的事是生命必死，我的母親死了，愛無能挽回，科技無能挽回，宗教無能挽回，神無能挽回。大自然的設計便是要它不能挽回。奧妙的是大自然同時又設計，在最後那一段下坡路的開始，我們必要不計一切試圖挽回。

春景中淅瀝瀝下著雨，唧唧啾啾鳥在鳴，花開花謝，日出日落，我們睡去後又再醒來。

我終於放棄了挽回母親，讓她成爲春景中的一朵落花，讓她腐爛成滋養的泥。放棄與那不可更改的簡單事實對抗，花了我至少五年。

如今比五年又多了兩年，那哀傷已淡，書就算寫成也不能（其實我也不想）叫至哀了。仍然，隱隱有線遊絲，導引我在每年春初想到母親的死，從而想到她的一生，她沒沒無聞的故事。

眞正的故事總屬於沉默的人，不屬於媒體裡大肆張揚臃腫變形的那些。我並不掌有母親全部的故事，有的只是一小片，她以母親身分和我們子女交集的那一小部分——這份認知竟是最難的，超乎想像的難。一向，我只知以母親看她——問題是她除了做母親同時也是她自己，完全獨立，完全私密，完全和我們隔絕。她也曾經天眞幼小，有淘氣愛笑的童年；她也曾是個有丫鬟的小姐，有和我們子女無關的悲歡。她曾因媒妁之言結婚，然後讓戰火拆散婚姻，被迫倉皇離家。她還是個小學教師，深夜裡一本一本不苟地改學生作業簿，路上、菜市場裡人都親切叫她張老師。她不只是我們的母親。她只是以母親的愛和焦慮籠罩我們，也籠罩她自己。

但，我能以中立之眼客觀看她嗎？除非有天我寫母親的故事——我們能避免寫自己母親的故事嗎？——從她是個小女孩寫起，從她稚嫩愛笑的童年寫到歷經戰火流離的成年，從嬌憨的小女兒變成年輕漂亮的小姐變成六個兒女如牛似馬的母親。我想到她是如何的堅忍謙虛，我相對是個太過精緻、一搗就碎的贗品——太愛空談理論，開口我我我，因而必然是某種意義下的贗品。

衣櫥裡有件母親生前的襯衫，我一見就覺得親切。說來荒謬，那件襯衫的意義勝過她的骨灰！——不是細如煙灰，而是如沙粒粒，還帶著骨塊，不需撒向風中或海裡的骨灰！

那件襯衫短袖，流墜的人工質料，粉紅趨近於粉橘的顏色，帶了大粒大粒活潑的白色圓點，是母親衣服裡少有的快樂花色，多年前她來美國時穿過。那時我們圍坐閒話，或到花園和海邊去玩，比在成長任何時候都多機會說笑。她笑起來永遠是嬌怯的小女孩模樣，讓我總想惡霸的跳上前去掰開她掩口的手——那奇怪的衝動當年是何其無理又何其強烈！

母親天性裡第一條就是要藏拙。在她，拙不是任何身外的東西，恰恰便是她自己。她做不來像我們那樣有時幾近肆無忌憚聲震屋瓦的大笑。在她，即使笑得最無邪無心時仍擺不脫有東西要隱藏的自覺。她可以開懷大笑而不能忘形，只因她是女的——我深深相信。中國古老文化將我們貶入卑賤的性別、委屈的族類，那基因紋身到今天還洗不掉。母親的笑容裡因此永遠有那點卑賤驚慌的自覺，可能因為戰火流離和貧窮無依而鑿刻更深，我永難忘記。相對，今天的女性沒有那瑟縮的眼神、謙抑的笑容。

現在的大女子小女子神色坦蕩，都是香吉士柳橙的金色青春和無懼。今天男女的「我」一概以大寫表達。

抽屜裡另有一小包母親的首飾。說首飾太可笑了，那些耳環、戒指都是不值錢的玩意，丟在路上也沒人要撿的。母親向來不戴這些東西，也沒值錢的東西可戴。我以前剛賺錢時買給她做母親節禮物的紅寶石項鍊也在裡面，我把玩那發黑了的項鍊暗淡的寶石——紅寶石粉做的，眞是廉價貨色。我記得那時下班後繞道到家附近的銀樓，在店外張望了櫥窗裡半天才進去指了那條問價錢。母親戴過嗎？我毫無印象。她拿到項鍊時也許露出啼笑皆非的表情。對我們兒女所做，她常免不了那古怪有趣的表情，好似我們的好意帶了太多解釋不清的愚蠢。後來她信佛，腕上便總戴了圈潤澤的暗紅珠子。那珠串現我放在母親相片前，在書櫥裡——我偏執相信書頁是希望和光明聚集的所在。

在哥哥家看到母親的靈位，和牆上那張喪禮時用的母親遺照。香爐裡插了香，一架小錄音機日夜播放，誦唸南無阿彌陀佛。唸的是人間癡情，還是悔過？我們在靈前喝茶、飲酒、談笑。和哥哥嫂嫂喝茶聊天多好，又多難得！母親不能參與了，只在遺照裡以微微帶笑而卻悽切的眼神觀看。我知道她的眼神並不永遠帶悲，但眞的，我一想到母親便想到她心靈深處的哀傷。

七年前我憎惡那張遺照，現在還是。將來大概也不變。最後那段時間裡，我們曾嘗試各種方法對抗病情，果菜汁、蜂王漿、雲南白藥、各式維他命……，幾乎不顧一切想要化不可能為可能。好像如果不曾那麼盲目試過，我們所做的就不夠。而如果做得不夠，也許我們就不誠、不眞。無論如何我們感覺做得不僅不夠，而且太少、太差。那段時間的日記裡有許多我早已忘記的細節，記載母親不只一次的憤怒指責。她健康時從沒那樣毫不遮掩的發怒，那怒氣裡似乎積累了一生的隱忍和冤屈，終於找到地殼最薄的一點爆發了。是將死的怨氣？是不捨和不願讓病痛無助放大成了遮天濆地的惱恨？是我自己想得太多？

我還是不願意細讀那日記，怕這平靜太脆弱，會像玻璃碎掉，怕又掉進無限的質問索套裡，問為什麼為什麼一路莫名其妙問下去。或者已經不是怕，單純是不願意。讓我們對她的記憶停留在她健康的時候，那時病痛還沒把她由卑賤再次貶成一具單純受苦的形骸——而她沒叫痛過，坐在角落，或平躺床上，她默默無聲如泥偶。

至少，她曾冷笑過。終於她如帝王表現出了她深藏的一點鄙視，她謙卑深處那高傲的尊嚴。感謝她教我們要眞，要自重，要堅持。感謝世間有父母，感謝她是我們的母親。

哀傷逐漸淡去，然後成為一種知識：就是這樣，沒什麼好說。死者已經超越時間，活的人要繼續活下去，若可能，要比以前活得更好。

好像淡漠殘忍近於木石了，其實是不得不認可這超乎個人之上的秩序，歸順一種殘酷又微妙的法則。生死對稱，如神魔、天地、日夜。生死緊貼如雙唇，悲喜像門裡和門外。進進出出，出出進進。生命的悲喜劇就在這反向的兩件活動裡：一道永不停止的玻璃旋轉門。

所以至少可說有一件事以撫慰不安：萬物有序。天地間這廣大墳場正是生命熱鬧的花園。

多有趣的數學：零等於一！

——我接受！

生茫茫，死茫茫。抓起一把土撒向空中，看它掉落。土裡來土裡去，這是我們所有人的故事。

今年春天多雨

今年春天多雨，多到在不斷的濕冷中覺得彷彿不是在紐澤西，而是在梅雨季的台北了。在滴滴答答的雨聲裡，你的忌日就過了。那天沒雨，我照常和朋友到公園去健行。走路時我想到了這天是你的忌日，就想了那麼一下。我沒做任何特別紀念這天的事，但我並沒忘記。

剛過的冬天多雪，是這裡八年來最多雪的一個冬天。雪一場又一場忘情地下，好像不打算停了。在那多雪的天裡，天色陰灰但雪色潔白，我們擔憂是不是要打仗了。不是自衛的仗，而是美國出兵去打別人。未來史書上會說是：侵略。其實，連美國自己的報上都有這樣說的。從來，在我們受的教育裡，只有別人來侵略我們（不管這「我們」是中國還是美國），沒有我們去侵略別人的。（當然，那些都是政治神話。）但時代變了，美國的政治頭頭們異口同聲，說打自衛戰的時代已經過了，現在是我們先發制人的時代。在那多雪的冬天裡我們每天擔心，經常嘆氣，覺得除了眼看世界下沉無能爲力。有時我在心裡和你說，媽，幸好你已經死了，你不知道現在這個世界是什麼樣子。那樣說似乎很蠢，因爲，無論如何，活著總比死了好，我們基因裡斗大的字明明白白刻了這一條，讓我們不顧一切都要活下去。沒錯，我寧願你活著和我們一起擔驚受怕。但是，老實說，很多次我確實在心裡慶幸你已經死了，遠離這人間永遠處理不完的紛爭和憂患。你已經擔夠了心，受夠了苦。

八年了。從那天你躺在安寧病房裡，不再是活人了而是一具屍體到現在，已經八年了。那年你死後，我帶了友箏從台灣回到美國，開始了在紐澤西的生活。忽然已經八年了，友箏上了初中，人中上隱隱有道鬚毛，我們有時笑他要不要開始刮鬍子了。他還是瘦小，但嗓音已經沉了一點，老早就滿腦袋自己的意見了，一定比我當年的意見更多。你想必記得很清楚，教養我的慘痛經驗，因爲我總不能就你說我聽，而一定要問爲什麼。也許你會覺得好笑，現在換是友箏回嘴了，我常聽見自己氣餒地說同他講理好像和牆壁說話。可是我也照舊問爲什麼，問友箏爲什麼做這做那爲什麼做，問爲什麼政治總是這麼腐敗民主制度是這麼欺人，問我到現在是不是白活了。我這好問好辯的習慣，一定也是清清楚楚刻在哪一條基因上的。奇怪科學到了某一程度逼我們成了宿命者，然後又逼我們反過來改變命運。

不過，問來問去，我一年比一年對事情更沒把握了。好像思想在年紀中逐漸解體，變成了我常在路邊看到的敗落農屋，屋頂塌了，窗戶歪斜，木頭一點一點腐朽，爬滿了常春藤，等時間到好整個爛掉垮掉變成一堆木屑塵土。以前我問爲什麼也許是因爲世界不符我的意，問的本身就是反駁。現在經常我問是出於徹底的迷失，有時我眞的不知事情是不是還有個對錯好壞了。沒有了絕對，沒有了標準，風不斷在轉向。我在風中解散，飄走了，而我一向是這樣自信、意見這樣強的人。這是八年來我的改變。我想我老了。而在這時代年老幾乎是件可恥的事，大家都要表現年輕，朝氣蓬勃往前趕，永不疲倦，永不放棄，永不顯老。這是個只准人一天比一天更年輕，直到征服死亡的時代。

這八年裡世界到底變了多少，我眞的需要解釋給你聽嗎？也許需要，我需要解釋給自己聽。今天全球經濟讓千里之外的人生死決戰，大家日夜在角力、追逐、掠奪、算計、消費。媽，最新的生活哲學是我們爲了消費而活。我們不再是人，而是消費者。甚至，我們只是市場統計裡的一個數字。也許以前當你傷心時會問爲什麼活著要受這麼多苦，現在，我們不受你相同的苦，但我們也有我們的辛勞，也問，問活得這麼忙有這麼多東西幹嘛。也許，世界從來不曾改變，我今天看到的，你早已見過了。

有人說歷史從不重複，有人說歷史不斷循環。以一概全是最危險的作法，但強權就是公理這點絲毫沒變，太過堅持理想會遭到指控和踐踏這點也沒變。聰明人要站在贏的一邊，至於正義公平那些都可以不顧。

你要責備我太憤慨太消極了。不，我只是失望，雖然歷史的路上跌跌撞撞擠滿爬滿了失望的人。我的武斷是我覺得我們這時代的人比起以前任何時代都更有權利失望，因爲在民主、科技和富足下似乎桃花源的入口就不遠了。在你的時代，國破家亡之下你不敢要求太多，先只要生存，後只要家庭安全圓滿。我的時代比你的時代貪心，而年輕的一代比我的一代更加貪心。我們要求要求再要求，我們的臉以要求而不以付出寫成。這是個予取予求的時代，也是個揮霍的時代。我的失望是我們站在無比的條件上揮霍掉了更好的可能，我們揮霍陽光和空氣正如我們揮霍水電和自由。這個春天，我們堂皇揮霍掉了未來，而正式倒車走回頭路，令人傷心。

不知道怎麼寫成了這樣，原來要和你低低私語的，卻變成了仰天悲嘆，或可說是狂人囈語。我眞正要說的是我有時會在心裡和你說話，和你解釋這世界怎麼一天比一天更壞下去了。你若活著，大概要笑我哪個時代的人沒有相同感嘆，從來都是覺得一代不如一代。沒錯，我同意，但無論如何，不管是從政治或從環境污染或從唯利是圖的角度，眼前眞的是一天比一天更糟了。

我們跑得太快，沒有時間消化現在，把它印鑄到記憶裡。我們忙著生產消費，以便加倍生產加倍消費。我們忙得團團轉，在生產和消費的惡性循環裡，內在不知不覺間抽空了。我們有各式各樣表達自己的管道，說出來的卻只是不同形式的虛無。這虛無不是因爲欠缺，而是因爲太多。肉體塞滿了澱粉脂肪而肥胖，精神鎮壓在物質底下而萎縮。你能相信滿街走動的都是某種程度上的行屍走肉嗎？有句老話說有天醒來我發現自己死了，在今天比以前任何時候更適用。我們需要時刻的人爲刺激以打動情緒，我們以二手的間接經驗來提醒自己眞正的感覺是什麼，血肉的眞實變成了虛擬情境，我們善於旁觀龐大的影像演家家酒。什麼是眞什麼是假？我在這裡還是那裡？媽，這不是打禪，而是我們現在切身感到而眞眞沒法回答的問題。

我剛剛在雜誌裡讀到美國詩人羅柏特·婁爾說他當年激烈反對麥卡錫主義：「我以爲文明要瓦解了，結果崩潰的是我自己。」不禁怵然心驚。因爲，經常我就是那樣，覺得在表象的興興轟轟裡，世界一點一點暗下去，文明漸漸消亡了。然而，或許瓦解的竟是我自己？和妹妹談這些痛心和憂慮，她說何必，反正無能爲力，反正這種問題一向都有。也許人需要一點自不量力才能憂國憂時吧！反正我覺得又蠢又笨，浪費時間在這種事上。何不就種種花草聽聽音樂看看電影？何不就遊山玩水修身養性，談談風花雪月，寫寫無傷大雅的文章？但無論做什麼，我的心思總回到這世界的種種問題上，而最後停駐在一點：我無力。芝麻芥子，宇宙浮塵，個人的無足輕重不是新聞。但在一個號稱民主自由的體制裡，個人卻幾乎和在戰亂流離或專制獨裁之下一樣無力，這是新聞。必須經過許多年才覺悟到這點是我遲鈍，因此難免震驚，怎麼都擺脫不掉受騙的感覺。

我不禁想到你當年，戰亂時代，孤身女子帶了一個小男孩遠離家鄉，然後多少年一點一滴由貧窮中掙扎出一個像樣的家，撫養出一群吵鬧冥頑的小孩。在那漫長的過程中，你想必經常面對無力之感。我記得你不時張口結舌，不是詞窮，而是面對一群毫不解事的兒女一腔心事無從說起。於是你嘆氣，我記得你嘆深長的氣，裡面充滿了委屈和憂傷。有時我覺得那嘆氣聲裡隱藏了太多對我們做小孩的輕視，因爲，不加解釋，我們怎麼可能明白？現在，我發現到自己也嘆氣，尤其是過去這半年裡，我簡直一天到晚在嘆氣。我嘆的不是「良辰美景奈何天」，和天無關。我嘆的是人，「恨鐵不成鋼」，我嘆的是人不爭氣。這樣的貪，這樣的淺薄，這樣的急功近利、短視小氣，這樣的勇於責人、羞於責己，而最令人難過的，是這樣理直氣壯地虛僞。是這虛僞掩蓋了陽光，耗盡了空氣，讓一切暗了下來。而，我害怕自己是那黑暗的一部分。

我知道，這樣的強調黑暗面這樣的悲觀是不健康的，以前你就特地提醒過我人間總有光明面。我知道，我並不一竿子打盡天下人。但和你我要說眞心話，這是我眞正想的：我擔心我們現在的世界，更擔心友箏長大時的未來世界。我看見民主變成了口號，市場變成了主宰一切的規範，而資本主義變成了弱肉強食的仗恃。競爭一天比一天更血腥，世界一天比一天更冷酷不公，而弱小者自衛的管道一點一點遭到扼殺。我們有許多專家，有滿天飛的資訊，有許多惑人耳目的空頭詞彙，有許多揚揚得意的後見之明，有無數要賺大錢的野心青年，但極少人有氣度、有洞識、有遠見、有風骨。文學成了不值一顧的賠錢貨，而知識分子不是悶聲不響，就是和權要狼狽爲奸。借用鄭愁予的詩，誰來掛黃昏的這盞燈？而一盞微弱的燈夠嗎？不如說說時事笑話，唱唱卡拉ＯＫ。人總是需要笑的。

曾經有一個失落的時代，然而失落的時代豈止一個！歷史便是一個又接一個失落的時代構成的，在每個新的夢想期後必然有新的幻滅期。如果說人不曾由歷史中記取教訓也許不是過分的說法，我們實在是不停在夢裡興高采烈的繞圈子而以爲大步前進。而只要我們不醒來，繼續興高采烈下去，也許總能把自己從泥巴裡拔出來吧！

媽，我但願有這樣的樂觀。不論如何，我還是在努力做夢。寫作如果不是做夢，是什麼呢？

夜深了，又下起雨來了。先前電光閃閃，打了幾場大雷，迅雨轟然。然後雨勢過去，剩下了持續的小雨。我一寫不可收拾，實在累了。等我明天睡飽起來，看見陽光，聽見滿院的鳥叫，又會情不自禁充滿了希望，腿肌收縮準備衝刺。我還是愛做夢，而會做夢的人不可能放棄。太陽還要很多很多億年才會燒盡，在那之前，事情總大有可爲吧！

卷五

《魔戒》手記1：

神話背景

0

我直到二〇〇三年冬才讀起了《魔戒》。那時已在戲院看過「魔戒現身」和「雙城奇謀」，看不懂，只覺愁慘陰森殺個不停，既不喜歡也不想去讀原著。不過，比起「哈利波特」和「駭客任務」，「魔戒」電影還是高明許多。至少，對成年人而言不至於太膚淺。

1

讀起《魔戒》，得歸功我買給友箏的青少年奇幻小說《艾瑞岡》。那作者喜歡《魔戒》，模仿它寫《艾瑞岡》時才十五歲，三年後完稿也才十八歲。我驚嘆之餘，才消去抗拒決心一探《魔戒》究竟。就好像《水滸傳》源自《金瓶梅》，而喬哀斯的《尤里西斯》源自《奧德賽》，《魔戒》本身主要來自北歐神話。

2

我從《魔戒》前傳《哈比人歷險記》讀起，第一句「一個地洞裡住了一名哈比人」就好玩。《艾瑞岡》雖模仿《魔戒》，但是一本正經。《哈比人》卻一開始便帶了笑意，分明便是個長鬍老公公面對孩子群邊抽菸斗邊吐煙圈說故事的景象。

托爾金寫《哈比人》純出於意外。一次他改了半天考卷，竟碰到一張有如恩賜的白卷，一時興起在卷上寫了：「一個地洞裡住了一名哈比人。」全不知這句子從哪裡來往哪裡去。有一天，他和好友路易斯感嘆找不到有趣的書可讀，兩人於是約定自己寫。（路易斯後來因此寫出了《納尼亞魔法王國》。）兩年後托爾金從那孤句衍生了《哈比人歷險記》，出版後竟立刻暢銷，出版社要他趕緊寫個續集。那時他對《魔戒》毫無概念，逼稿不成篇，交出來的卻是和哈比人毫不相關的《神光寶石》（The Simirillion），拗口的句法加上一大堆怪名，零亂斷續交代他那虛構世界的創生神話和歷史，出版社難以接受。

其實《神光寶石》才是托爾金心心念念的大工程，集合神話、傳說和他專精的語言學，早在哈比人出現前就動筆了，從沒停過，是他存心創建一套現代英國神話的畢生鉅作。工程之大，等於荷馬在寫《伊里亞德》和《奧德賽》前得先發明希臘人和希臘文明。

3

《哈比人》原是托爾金爲子女而寫，筆調輕快，寫來順手。《魔戒》是逼出來的，而且他難忘《神光寶石》，要藉《魔戒》來現世，精神嚴肅許多，寫作對象已由小孩轉成大人，語氣大不同了。可說《哈比人》是可愛的童話，《魔戒》則晉身爲史詩和神話。

托爾金花了十二年才完成《魔戒》，過程漫長艱苦，中間歷經第二次世界大戰，甚至停筆一年。他在一次訪問裡說：「我宣布完稿時不禁哭了。」

《魔戒》其實不是一套三部，而是一部書分三本出版。原來當時二次世界大戰後嚴重缺紙，出版社擔心一時找不到那麼多紙印那一大部書，徵得托爾金同意再加工手術一稿劈成三，每部並冠上獨立書名，成爲現今大家熟知的樣子。

4

《魔戒》大約可拿一句話就交代大概：正邪相爭，這點是托爾金再怎麼也擺脫不掉的。當然，這樣簡化太對不起他了，只能暫時委屈他，後面再給他平反。

故事建立在抽象的正邪上，剩下的就是看那些角色在這拚鬥過程中所受的艱苦。在這主軸上一路走來，不免便顯得單調。就像《封神演義》、《西遊記》和《水滸傳》的故事也都在單一軸線上發展，打打殺殺，不是仙凡對妖魔就是官兵對強盜，章回間便覺得機械重複。維持我對《魔戒》趣味的，除了托爾金龐大的想像世界和不時的幽默，此外是那虛構世界的神話體系——我對故事的神話背景和神人架構如何自圓其說好奇。

5

《魔戒》背後有一套來自《神光寶石》的神話體系，大概是這樣：起初一片虛無，造物先創造了十四位正神，然後創造了世界和各種人。人不能直接和造物打交道，而必須通過眾神。有些次神積極介入人間，甚至以人身出現，譬如灰巫甘道夫和最後墮落的白巫薩魯曼，所以甘道夫大戰火魔死後可以重回人世。托爾金甚至在信裡說過：「甘道夫就是天使。」

6

我初看電影「魔戒現身」時一直狐疑：爲什麼那些 elves 被動無力，對抗惡魔反而要凡人扛起來？原來 elves 的黃金時代已經過去，《神光寶石》主要寫的是他們的故事。

Elves 在一般英國傳說裡類似矮人（像在北極工坊裡替聖誕老人做禮物的就是 elves），到了《魔戒》裡托爾金讓他們成爲高貴俊美的不死族類，像西方童話裡的 fairy 和中國神話裡的仙人，我叫他們仙人。

7

中國故事裡的仙人十分高明，騰雲駕霧，出現時「霞光萬道，瑞氣千條」，有神力，能知過去未來，長生不死。《封神演義》裡太乙眞人讓哪吒蓮花再生，神奇至極。

這種仙人代表了一種超出羈絆無憂無慮的境界。凡人陷在紅塵愛惘裡，掙不脫生老病死。仙凡的差別因此在跳出紅塵和死亡，更在了無掛礙。但到底什麼是神什麼是仙？神魔仙凡鬼魅間到底有什麼關係？神想必高於仙，且似乎神有職司、仙人無業（所以有散人、散仙的說法）。

8

托爾金的仙人是美的化身，是創造者。除了幾乎青春不老、身形美好矯健、官感體能都超越凡人，還鍾情美好的事物，凡是他們製作的東西無不精美無比。他們愛好星光和歌唱，又是醫者。他們代表了生命美善的一面，但他們一般沒有特殊神力，也難免憂患，不像中國仙人。相對，凡人比較粗糙，生殖力強，好處是頑強，不輕易認輸。

最大不同在仙人不死（除非被殺）。他們是神最鍾愛的子女，在星光下醒來，因此中土玷污後眾神一再召喚他們前往西方天國，惟獨有些選擇滯留中土。托爾金的解釋是一方面出於他們留戀人間，另一方面是寧做凡間之首不願屈居眾神之末。

仙人留在中土的代價是與世同朽。不像凡人死了便解脫塵世，永居福地。不死在托爾金筆下因此不是恩賜，而是負擔。所以托爾金寫仙人在歷經劫難後，預見未來的衰亡而哀傷，只能竭力創造藝術品以資對抗，實質上相當於保存過去，有如裹屍防腐。

9

《魔戒》故事的由來，對托爾金自己而言，是他發明了語言在先，因而造出一個語言所存在的世界，並不是倒過來。他曾這樣解說：「反正，對我來說，這書大體上是篇談語言美學的文章。它並不『關係』其他，而只關係自己。更沒什麼寓意，不管是在……道德上、宗教上或是政治上。」

托爾金一生熱愛研究語言，是牛津大學語言學教授，專精古英文和中古英文，《魔戒》裡他至少發明了三種語言。《魔戒現身》裡，在仙谷時甘道夫以魔語解釋魔戒上刻的字，立刻就愁雲慘霧天地無光，可見他多相信語言的力量。《艾瑞岡》裡，作者也學托爾金發明了三種語言。

10

作品一旦出手，作者就管不了了，只能任憑讀者解讀。有的以基督教觀點來討論裡面的正邪之爭以及堅忍、忠誠和仁愛、勇敢等美德。有的說他主題是生死之爭，神仙、哈比人都代表生命力，所以王者亞拉岡至仁之外也有療傷能力（類似儒家理想中愛民愛物的聖王）。有的說他反戰，有的說他反科技，有的說他崇尚自然、倡導萬物諧和。《魔戒》無疑有許多層次，因此各家各見，甚至有人硬要以魔戒象徵十字架，亞拉岡象徵耶穌基督，仙人的麵包象徵聖體，或索倫象徵希特勒，故事講的是第二次世界大戰。

托爾金自己不欣賞寓言的寫法，也厭惡攀附寓言的強解法。他喜歡童話，說：「我只是要寫一套自己喜歡的童話而已。」還說其實他並沒無中生有編故事，毋寧是拿現存的神話和傳說整編起來而已。也就是《魔戒》種種都其來有自，譬如樹人的靈感就得歸功莎士比亞悲劇《馬克白》裡森林行走那段。

11

《哈比人歷險記》出書時，托爾金已四十五歲，到《魔戒》出版已近六十。從《哈比人》到《魔戒》花掉他半生，而《神光寶石》一再增刪從沒定稿，耗去了他幾乎一生，近似曹雪芹寫《紅樓夢》。

《神光寶石》裡，有一篇動人的愛情故事〈貝倫和露西安〉。露西安是天下最美的仙女，愛上了凡人王子貝倫。貝倫重傷將死，她因此也枯萎而死。仙人和凡人死後往居異天，永不再見。但露西安魂魄感動天神，讓她放棄天國，帶貝倫重回中土，再世爲凡人。

托爾金晚年給小兒子克里斯多佛的信裡，提到妻子伊迪絲便是他的露西安，並要求兒子答應若他不及完成《神光寶石》便死，務必替他完成。他死後克里斯多佛花了十幾年整編，《神光寶石》終於出版。托爾金和伊迪絲的墓碑上，除了生死日期，還各刻上：貝倫和露西。

12

十二月裡，《魔戒》最後一部「王者再臨」終於上演，我們迫不及待到戲院看了。這時我已讀完全書知道情節，不再摸不著頭了。影評人和觀眾普遍叫好，但我很失望。前兩部運鏡的收斂和莊嚴到了這裡爲好萊塢式的忘形誇張代替，跌到了膚淺和庸俗。從第一幕極盡造作回述咕魯（史麥戈）前身，到白城宮裡攝政王汁液淋漓大喝大嚼，到亞拉岡加冕典禮上狂吻亞玟的場面，我簡直要遮眼不忍看。彼得・傑克森祭出了所有法寶，似乎走火入魔了（還是原形畢露？），好像不拿出一場比一場更過火更盛大的場面，不足以證明自己或報答原著和觀眾。於是，在過猶不足的狂潮裡，不管是釋放鬼軍還是魔戒銷毀，都激不起我一點嘆息了。

仍然，至少有兩個場面值得：綿延山頂烽火一座座相繼點燃的大遠景莊嚴動人；仙人勒苟拉斯輕身上巨象加以擊殺的特效十分精采。

《魔戒》手記2：
神魔正邪

1

從十二月到二月初，友箏和我幾乎沉浸在《魔戒》的世界裡。我們一再看加長版的頭兩部影碟，對照原著比較細節，笑過許多次的地方還是笑，不滿的地方責備更加厲害。

「魔戒現身」裡，護戒一行在山坡頂遭五戒靈圍殺佛羅多倒地等死的場面，我們看了便大叫荒唐。見到「雙城奇謀」裡咕魯自說自話天人交戰，就不由自主笑出聲，又充滿了憐憫。加長版裡有一幕亞拉岡倒掉伊歐玟給他的湯，既違反他的性格也不合常理——他流亡多年餐風飲露，什麼湯嚥不下去，更何況是在那種艱苦的情勢裡！

我們還積極看附帶的紀錄片，驚訝那拍攝過程的艱鉅，好像參與拍片。此外，我「鑽研」解讀《魔戒》的著作，友箏天天上網讀相關資料。人物和地理細節他知道比較多，但我對角色心理和故事精神理解稍深。我們分享新發現，互相補充解疑。媽咪來看！友箏有了新發現會說。譬如昨天他發現有人認為湯姆・龐巴迪其實就是造物，非常興奮，雖然那下文緊接就指出托爾金自己嚴拒這說法。友箏在網上找到一張漂亮的中土地圖時，又拉著我一起在地圖上畫下各組人物的路線。他上網比讀原著熱中，現在才讀到《雙城奇謀》。昨天還找我要小筆記本，興匆匆用仙文做《魔戒》筆記，就像幾年前卡通片《大西洋城》上演時，他瘋迷大西洋文，用那文字寫了本小書一樣。現在他找出那小書，卻看不懂了。

2

我對《魔戒》的第一大疑是：為什麼有魔戒？這樣安排不太刻意也太昭彰了嗎？讀了書還是不懂，覺得無論如何把邪惡集中在單一物件上太簡化太取巧了。畢竟人才有所謂邪惡，物件無邪與不邪。若不計較這點，小說到底不需等同現實。《聖經》裡蘋果導致人失落伊甸（試拿智慧果和魔戒比較）；《西遊記》裡以印度佛經為贖罪之物；《紅樓夢》裡的那塊寶玉是賈寶玉性靈所在。寓人於物，魔戒存在也就不妨了。

仍然，索倫鑄造關聯自己命運的魔戒似乎十分愚蠢，等於授人以柄。奧登有個妙解：「善惡的不同，在於善能夠想像而惡不能。」索倫極惡，因而沒法想像魔戒落入敵手的可能。

3

魔戒到底有什麼魔力？

第一是保顏養生，佩戴者免於老化。第二是強化佩戴者原有能力。第三是打破明暗分界，讓原不可見的東西現形，而讓佩戴者隱形。所以哈比人比爾博有了魔戒後特別長壽不老，而佛羅多一戴上魔戒除了隱身，自己也就跨進晦暗的魔界，看得見戒靈，魔王也看得見他。最後是魔戒至尊，可以統馭其他十九只仙戒。

最特別的是魔戒有腐化人心的能力，而且好像自有心意。所以法力強大的諸仙王仙后和巫師甘道夫以及堅忍如王者亞拉岡都一意規避，自認抗拒不了魔戒的誘惑。反倒是懵懂無邪的哈比人比較不受魔戒影響，擔起了重任。

4

哈比人來自托爾金所見的典型英國鄉下人，生性樂觀單純實際，吃苦耐勞之外，喜歡生活裡簡單的享受，像愛吃、好喝啤酒和抽菸草等。托爾金自己愛菇又抽菸斗，這些特質他給了佛羅多和哈比人。

我最喜歡哈比人的地方是他們的房子：他們喜歡弧形牆壁和圓門圓窗。

5

魔戒既然存在，學者馬上就掉進對邪惡本質的探討上。邪惡是因爲沒有善？還是因爲具備惡？也就是，邪惡是內在於人還是外在獨立的東西？西方兩說都有，那麼托爾金採哪說？賦予魔戒至邪，無疑托爾金將邪惡外化成物。然而，設若佩戴者自己沒有弱點，魔戒也無可奈何。因此，必須內在具備了邪惡的種，魔戒才能加以放大利用。

顯然托爾金不採二分法，就像不死未必是福，在他筆下另有深意。

6

《魔戒》全書裡，死亡的意象重重。黑衣黑騎追趕魔戒的九名戒靈是完全受魔戒所迷，變成非死非活的魅影。電影裡，戒靈騎翼獸橫空飛來的景象十分恐怖。死亡沼裡滿是死人，鬼火滿天飄。最後亞拉岡深入幽魂道號召食言的大批鬼軍，夠陰森嚇人。凡是魔王征服的地區，無不荒涼醜陋如地獄。受魔王役使的，也是宛如青面獠牙的鬼怪妖物。

有人解釋因托爾金參加過第一次世界大戰，且同年好友幾乎都戰死，給了他不可磨滅的影響。寫作《魔戒》，因而可能是潛意識裡爲了驅除死亡。

不難想見他寫作《魔戒》時，如何借用當年戰場上遍地傷亡的慘狀。

7

讀《魔戒》時我一直想到《西遊記》，一些粗淺對比很有趣。

最顯然的，像《奧德賽》和《唐吉訶德》，《魔戒》和《西遊記》都是一場旅程，一段冒險犯難的經過，有人說是尋道的過程。而就像唐吉珂德有隨從桑丘，唐僧有徒弟，佛羅多有山姆。這些跟班除了扮演丑角沖淡英雄主義的不切實際，最大功能是牢牢踏住現實。因爲他們是常人，所以總能在緊要關頭以生活常識將主人拉回現實。

二，貶謫。托爾金坦承所有故事都難免關係墮落。他是虔誠天主教徒，這反映了他信仰的原罪說。《神光寶石》演述天地誕生到神人創造樂園到惡魔造反奴役中土，到了《魔戒》人已經失去天堂。最初宇宙原是平坦一片，西天和中土隔海相通。凡人再次墮落後，西天不死地漂離，中土成了圓球，鎖在生死的循環裡。除非搭仙船走直道，凡人再也沒法到西天去了。

《西遊記》裡墮落也是關鍵。唐僧師徒五人，除了孫悟空是石頭裡蹦出來的怪胎、自學自命的妖仙（他的可愛正在他非神非魔亦正亦邪），從唐三藏、豬八戒、沙僧到龍馬，無不是犯錯打到凡間的天神，要靠取經來贖罪完成正果。

三，妖魔。《魔戒》裡的第一大魔原是正神魔寇爾，第二大魔是投效魔寇爾的次神索倫，兩神因爲起了私心要另創世界而叛變成魔。魔寇爾首先破壞天曲和諧，然後摧毀兩盞神燈，又弄死金銀兩光明樹，盜取神光寶石，進而索倫打造魔戒，中土一再陷入黑暗，直到神造日月才重見光明。明暗在整個故事裡扮演了關鍵角色。

《西遊記》裡那些搶吃唐僧肉的妖魔鬼怪天眞得多，只爲了一件事：長生不死，沒有什麼要獨霸稱尊的野心。孫悟空大吃仙桃、人參果，自命齊天大聖，不過是他淘氣。全書中唯一天地無光的場面也是孫悟空搗鬼，聯合天上星宿遮蔽日月星辰號稱裝天，欺哄小妖以騙取金角大王的寶貝紫金紅葫蘆。有趣的是孫悟空的金箍棒叫如意，長短粗細全隨心意。魔戒也有一點如意的能力，不過它蠱惑戴戒者的心神反過來驅使人。吳承恩筆下玩世不恭，《西遊記》讀來是輕快諷世的喜劇。相對，《魔戒》再怎麼幽默還是一派道貌岸然，不管托爾金再怎麼否認，他的言外之意就像甘道夫的大鼻子，想不看見都不行。

8

中國神話裡西方是死地，雖然那裡有西王母。托爾金則以西方爲不死地，要永生必須西行。而恰如中國人自稱中國、中土，《魔戒》故事主要也在中土進行。

9

剛又重看了「魔戒現身」影碟，不知是第幾次了，還是像以前一樣熱切笑罵。在酷寒的天氣和令人厭倦的各種新聞裡，《魔戒》裡的慘淡英雄和高山平野的世界是個理想逃遁，雖然裡面殺伐太慘，而且經常在絕望邊緣。

其實感情上，我更寧可看絕好的《西遊記》、《聊齋誌異》、《紅樓夢》等現代電影改編。可惜像李安的「臥虎藏龍」和張藝謀的「英雄」除了一些特效都讓人失望，禁不起重看。

《魔戒》手記3：

文字和人物

1

過半世紀來，《魔戒》雖風靡無數讀者，但評家反應不一，不是大褒就是大貶。當時大詩人奧登爲《魔戒》完結篇《王者再臨》作評，十分欣賞，說在同類小說裡，托爾金創造了一個空前逼眞可信的世界。美國名評論家艾德蒙·威爾森卻大貶，譏托爾金欠缺想像力，全書不過七歲小孩的程度（他才唸過整部《魔戒》給七歲的女兒聽），是部過長的童書。耶魯大學名文學學者哈洛德·布魯門也坦承看不出好處，批評托爾金的文筆生硬。也有學者評說《魔戒》固然精采，但嚴格來看不算文學。《到中土的路》和《托爾金傳》（二〇〇一年版）作者湯姆·史匹（Tom Shippey）稱他爲世紀作者，並拿他和喬哀斯並論。

2

我讀《魔戒》出於好玩，不是書迷，更不是專家。托爾金創造了一個生動龐雜的世界，工程浩大，想像力驚人，不能不嘆服。但老實說，文學藝術上有相當缺點。

首先，缺乏文采，沒有莎士比亞的鮮活，也沒有喬哀斯的創新。大體說來，托爾金的文字樸實，不好賣弄。但用字常流於籠統單調，不是搬出俗濫成語，就是重複。譬如：黑暗、邪惡、陰影、黑色、烏雲、陰沉、陷落等字眼，多到像路燈一樣轉角可見；描寫仙人則多數年輕俊美白皙金髮，面目模糊。除非頭髮顏色不同，否則難以辨認。偶爾出現別致的描述，我不免喜出望外趕緊多唸兩次。譬如佛羅多在仙林草坡上散步時，見到四下是白藍綠金黃等熟悉顏色，但卻特別鮮明醒目，「好似就在那一刻他才遽而看見，才給了它們嶄新美妙的名稱。」

其次，人物大多刻板，遵照托爾金設定的程式孜孜前進而無內在生命；尤其，欠缺有生命的女性角色。在這幾乎清一色是英雄好漢如《水滸傳》的故事裡，愛情和肉慾幾乎不存在（亞拉岡和亞玟的愛情托爾金放到索引裡交代，連講究官感享受一路笑鬧的哈比人皮聘和梅里也像小孩對這全無興趣），爲英勇和義氣取代了。而慘烈如

「西線無戰事」，即使今天戰場上血肉橫飛，明天一休假士兵還是馬上就尋找酒肉和女人。

再，價值和象徵兩極化，邏輯太乾脆太童稚了。無限重複的明暗黑白對立太過分明刺目，像武俠小說裡的黑道白道，犧牲了那種可意會而不可言傳的微妙。譬如甘道夫對變色（即變節）的白巫說：「我喜歡白色。」又譬如白塔對黑塔，和經常出現的白光白袍白花白城白樹，那用心之隱微就好比電影裡毛孔粒粒的臉部大特寫。

3

評析《魔戒》原著的文字裡，少有人提到咕魯。而影評和報導不免點出咕魯如何感人，那演員和電腦結合的特效如何傑出（確實不錯）。電影雖大幅濃縮簡化了原著，兩者卻有一共通點：但凡咕魯出現的場面特別感人。換句話說，在所有角色裡，咕魯最具人性引人共鳴。其他角色不是大善大邪就是大仁大勇，都流於平面。惟獨在咕魯身上我們看見善惡交戰，逼真可怕同時又極可笑可憫。

咕魯原是住在河邊的哈比人史麥戈，因奪取魔戒殺了好友，從此長生，並受魔戒腐化變形爲咕魯。電影裡咕魯的造型和聲音完美，嬰兒般的大腦袋，乾枯陰灰滑溜的小身體，乍看令人嫌惡，然那滾圓可以吞人的無邪大眼忽而滿是驚懼忽而滿是狡詐忽而滿是痛苦，加上充滿表情的聲音，舉手投足都牽人肚腸。即便他最後使毒計可恨，終於奪取魔戒失足跌落岩漿裡，我們還是沒法痛恨他。電影裡他滿面歡欣仰面下跌的景象讓人含笑心酸——這可憐蟲終於解脫了。

4

電影改編是將文字翻譯成影像，在相當程度上犧牲原著，等於是將原著砍手斷腳挖掉眼鼻然後再來大肆整容，以達到簡化淺化。彼得・傑克森拍攝「魔戒」的過程艱辛有如故事本身，但拍出了趣味和意境，壯觀又且細膩，十分難得。惟獨原著裡除了戰爭還有相當世故人情，電影則基本上是部戰爭片，不免以動作代替對白、拿場面填充內容、用特效娛樂耳目，總之討好眼睛勝過心靈回味。

最可惜的是：湯姆・龐巴迪不見了。

龐巴迪是故事裡最獨特的人物。佛羅多和山姆旅程初期在山裡被柳樹精纏起，龐巴迪剛巧經過搭救，帶到家裡讓他們安心過了一夜。他快樂無邪，和愛妻在山林裡悠遊歌唱，毫不受外界誘惑——他是唯一戴上魔戒而不隱形也不欲望佔有的人。全書裡只有龐巴迪這一段眞正快樂無憂，充滿了山林的單純、閒逸和樸質之美，連仙谷仙林都趕不上。他來源神祕，似乎無父自生比天地更老，而卻天眞未鑿一無掛礙，彷彿在時空之外；或換句中國人的說法，「跳出了三界五行之外」。魔戒故事大部分陰影幢幢，角色簡直是在近乎無望的情況下做愚公移山式的努力，龐巴迪因此是一個舒緩的空隙、殺伐逃亡間的休止符，彷佛生命力本身。魔戒故事的結構需要他來平衡，讀者也需要他來平緩。

5

甘道夫是個討人喜歡的角色，因爲他似乎智慧可靠，到處奔走管「閒事」卻能力不詳。我總覺他應更高明一點才是，像觀音大士或燃燈道人。但他既不能掐指就知未來又不能起死回生，可見的本事似乎除了放焰火就是讓枴杖頭發光，實在有點寒酸（先敗給白巫又死於大戰火魔）。他的魅力也就在這裡，外表老邁落魄又脾氣暴躁，卻充滿愛心深不可測，有點像姜子牙（他也是個有點道行的老頭）。書裡的幽默幾乎一半來自甘道夫罵人的話，幸好電影裡多保留了——我看不厭部分是爲了伊恩·麥克倫演的他。

甘道夫有句話形容旅店老闆大智若愚：「他話不多，想得更少，也更慢，但就是磚牆遲早也會給他看穿。」可和比爾博在生日宴告別詞裡的這句媲美：「對你們半數人，我知道的不到我想要的一半；而對我應該喜歡的那半數人，我喜歡的程度也不到你們該當的一半。」這句謎似的話友爭始終沒聽懂，連B都以爲是半褒半貶。

6

全書雖大半在知其不可而爲的局勢下進行，奇怪卻並不眞給人悲壯之感。

電影反而塑造了一個悲劇角色：波羅莫。他是個勇敢魁偉的英雄人物，可惜因一心要打敗索倫重建剛鐸國，受到魔戒引誘而最後戰死。電影裡描述他的驍勇、魔戒對他的吸引和他的抗拒，以及他對弟弟法拉墨的深情，給了他相當深度。因此亞拉岡雖對他防範極嚴，甚至不惜必要時殺了他，他臨死時仍以英雄對待。那場戲裡，失足成恨、英雄殊途而相惜的無奈盡在其中，幾乎讓人落淚。（兩名演員都演出了眞情。）波羅莫是護戒人裡唯一殉身的。我們同情他，因爲他愛得過切野心過高。不同於我們同情咕魯，他已經無救，我們對他只有嘆息和憐憫。

7

亞拉岡是個可開發的人物。他不同一般凡人，是一支具有仙人特質的凡人後裔，除了氣質高貴，壽命也三倍於常人。因先人不智未摧毀魔戒，終於導致索倫再起中土淪陷，所以他戒懼魔戒，堅信自己難逃誘惑。剛鐸國是他的先人所建，但他選擇流亡，除了在仙谷成長的那些年外，長年單人四處飄蕩。什麼促使他流浪？什麼支撐他在一個越來越無望的世界裡天長日久地繼續下去？是仙女亞玟的愛？是最終復國的渴望？他似乎是個謙虛自抑但仁義智勇的人，帶著憂傷和神祕。洛汗國王姪女伊歐玟向他示愛，他卻不動心。

托爾金在這裡的安排簡直讓人跳腳。伊歐玟率直剛強又聰慧美貌，他卻偏偏無動於衷。是因他專情？局勢不許可？還是因伊歐玟只是凡女，且不是皇族？（書裡多處顯出托爾金心目中的世界階級森嚴，難以跨越。）無論如何他可以動心，不必接受。最糟的是他誤解她。她厭倦了囚在女身裡而被動無力，想要掌握自己的命運，他卻以爲她虛榮：「她愛我的只是一片影子和一份想法：是對榮功偉績的嚮往……」

可能托爾金已派定了亞拉岡做個無可苛責的王，從頭高貴到腳，沒有一絲卑鄙下流，不可能受惑，也就不可能複雜。（因此原著越到後來，亞拉岡越發高貴如聖人時，他的角色也就越顯沒趣。）最大可能是情節多線並行已夠複雜，托爾金疲於奔命無力多生枝節了。

8

伊歐玟是書裡唯一有性格的女性角色，亞玟不過是個道具（亞拉岡和她的愛情托爾金處理起來有點例行公事的味道），仙后凱蘭崔爾尤也差不多。伊歐玟和波羅莫弟弟法拉墨同在一處養傷，他明白向她表示好感，而她仍然寡歡。最後他開導她（連他也認定她虛榮），並再度坦然示愛，她終於對亞拉岡死心（難解的是她也自承想當王后，儘管早先她已告訴亞拉岡她最怕的是囚籠似的生活），移情到他身上。這雖不無可能，但未免太快太方便了，好像愛情可單以理智來決定。先前兩人並肩站在白城牆頭眺望，風雲滾滾，浩劫前夕不自覺牽起了手，大風裡只見兩人黑髮金髮飄成一片。那景象不獨可信，而且充滿了惆悵之美。

9

有人認爲佛羅多是《魔戒》故事裡的眞英雄。但他是個打鴨子上架的英雄，不明就裡地擔起了重任。一旦情勢艱難就說但願魔戒沒落在他手上，但願從沒踏上那旅程，然他畢竟咬牙撐了下去。特別在他一如比爾博，對咕魯也心存悲憫，這是他的眞英雄處。

我始終覺得他的角色不太可信，不懂爲什麼他自願送魔戒到劫山，以及他堅持下去的理由。他和比爾博一樣都是喜歡獨處的單身漢，沒有情人或家人的私情驅使，也沒有擔負世界苦難的大義大勇（不像甘道夫和亞拉岡有心），那麼是什麼鼓舞他？或者可說是命定。儘管全書暗示人定勝天，然托爾金又不時隱約透露事情早已注定。譬如佛羅多最後一刻變節，必須咕魯出面完結魔戒，似乎冥冥中早有安排。或者可說出於佛羅多對鄉土之愛，加上天生頑固。

說到頑固，一路忠誠的園丁山姆才是眞頑固。最後他對佛羅多說：「你的重擔我不能替你扛，但我能背你……」殉道意味濃厚。山姆似乎扮演了人和命定頑抗不屈的角色。他既是園丁，也是生的象徵，所以仙后凱蘭崔爾臨別給他一撮神土。不同於佛羅多，他痛恨咕魯，經常糟蹋他。當他不得已戴上魔戒而突然覺得無所不能時，他想像把世界變成一座繁榮的大花園，而不是雄偉的宮殿和巨大雕像（托爾金無疑喜歡雕像，全書裡到處都是）。他簡單踏實又愛恨分明，是全書裡最紮實可靠的人物。

10

《哈比人歷險記》是根據比爾博所寫的《來去一趟》，《魔戒》則是根據佛羅多寫的《魔戒銷亡和君王歸來》。所以，整套故事是個自我完足的體系，裡面的人物事件自相演繹。這書中有書、虛實相生的寫法，正如《唐吉訶德》和《紅樓夢》。書中，佛羅多、山姆和梅里偶爾也會想像自己是在故事裡。

11

二月初我帶友箏和他的好友伊文又到戲院重看「王者再臨」，更不喜歡了。

去年十二月「王者再臨」在紐約上演時，一家戲院連放全集三部，癡心影迷坐了九個鐘頭一口氣看下來，過足了癮，說：「『魔戒』就該這樣看才對！」

故事的穿衣脫衣法

1

去年秋到普林斯頓運河邊散步，看見紅黃秋葉，又想起那時不斷思考的問題：直覺和沉思、感情和理智的問題，散文和小說的形式與內容的問題，寫實主義的局限與彈性空間的問題，文學的演化與社會變遷的問題，和我自己寫作的來源和去處。我無意，也無能在這裡解決這些問題，只想記錄這一段疑難。

2

一篇又一篇，號稱故事、小說，排列了許多專有名詞：人名、地名、書名、國名、朝代名、花草名、動物名、戰爭名、疾病名、藥名……。長串的名字連綴成或眞或僞的典故，在古今時空中快樂奔馳：一些軼事奇聞，好像不能再荒誕，其實不能再正經。作者居高臨下，呼喚日月星辰、風雨雷電，搬動知識和想像的板塊，陷讀者於卜字五行陣中。這裡有一個發笑的神祇，像蜘蛛坐鎮網羅中央。這神祇是作者，自謙迷路以示得意。

你能想像一部才氣煥發的作品，卻激不起一星半點的熱情嗎？那文字背後閃爍的機智和博學，始終停留在文字背後，招手呼喚，吸引讀者的耳目，而卻無法進入文字之中。也就是，文字本身了無生氣，所有訊息直接由眼睛遣送腦後，體內毫無所動。

面對一本又一本這樣的書，我該如何反應？喜歡裡面氾濫的才氣和知識？還是不耐煩？我草草翻過，放下書。老實說，我不耐煩，因爲不斷看見作者在眼前搔首弄姿。無疑作者博學又聰明，然而小說家的職責不是賣弄聰明，而是——？這裡我不禁要頓足猶豫：而是什麼？我原要說是感動，然而思路的觸角已經繞了回來，纏住自己。我沒有把握。

問題在「感動」這詞。感動並不是通行無阻的正義之師，長驅直入文學藝術的領域。像各路理論各家學說要求用詞用語的結構、解構，感動必須在語言的解剖刀下驗明正身：什麼是感動？感動的背後是什麼？是階級、性別、種族、才智？還是我們可以如說普天之下盡是黃土，說同是爲人的哀喜愛憎？而感動多虛幻，多不可靠！盈盈淚光和抽搐的嘴角固然是人人可以認同的事實，卻不足以支撐感動空虛的架子。然而同時，感動又最具體不過，有身體相應的位置：兩肩之間，臟臟之中。

3

將小說局限於身體的中間一帶，譬如心肺和腸胃，已經過時了。時髦的作法是往上或往下。朝兩腿之間前進無疑是下策，不過也未必，情色正熱。相反，旅行到腦部是升級，是搭電梯直達頂端，擺脫紅綠齷齪的情感一躍而爲高尙的理智，雜碎瑣細搖身一變而爲堂皇的知識。好像傳統意義的小說已經太平常、太卑下，上不了檯面。

確實，和知識比較起來，情感不太衛生。眼淚鼻涕都是其領域下的子民，更嚴重的是膿和血這樣的東西，黏稠難纏。血濃於水的說法背後，往往是一攤夾纏不清的爛帳。然而我以爲，小說的目的即是以藝術手法表現這樣的混亂和不堪。讀完一部小說，讀者應該的反應不是明白，而是疑惑。若小說都說得一明二白，變成衛生清楚的知識了，那何必讀小說？除非所謂的知識只是障眼法，掩護背後更複雜難解的東西。這裡有許多問題：爲什麼讀小說？讀者希冀從小說裡獲得什麼？消遣嗎？而文學如何消遣？這裡所謂的知識又是什麼？

4

昆德拉痛恨感情用事，音樂上如此，政治上如此，文學裡更是如此。他的小說一向帶強烈知性風味，後來更強調以知代替心，以哲學代替感動。歸根結柢一句話：他蔑視感動。杜斯妥也夫斯基的小說讓他反胃，而那讓他反胃的不是小說本身，而是籠罩小說的氛圍：「一個一切都變成感情的宇宙；換言之，感情升格為價值，為眞理。」他認為人固然需要感情，而一旦感情成為價值的標準，成為眞理自身，恐怖便跟著產生，許多極盡殘酷的事都是假愛之名而實現。但是能因此就將感情排除在小說之外嗎？因此就將小說變成偽裝的哲學論文嗎？

那巴可夫也不欣賞杜斯妥也夫斯基，嫌他文字粗糙，滿紙道德既廉價又濫情。那巴可夫反對文以載道，也看不起感情氾濫的作品。他下評毫不留情，多少作家在他眼裡「連他影子的影子都比不上」。他認為讀小說既不能只用心讀，也不能只用腦讀，而必須兼用脊椎和腦。我想到他講的，讀書到會心處「像觸電一樣從脊背直升上來」的感覺。那感覺是什麼？是喜悅的顫慄嗎？而那顫慄是不是就是感動？他的感動絕非一般讀者的感動。

羅蘭．巴特在《文章的樂趣》裡談閱讀的樂趣，在出其不意，在顛覆，在誘惑，在嘲弄，在迷魂，在狂喜。巴特議論而卻不推理，讀者（至少我）很難亦步亦趨跟隨他的邏輯。他從未提到感動，一再出現的字眼是樂趣、享受、入神。這些彷彿自明的字面有如空盒，每人放進自己喜歡的東西。每個盒子裡的東西屬於各人，無法摺疊成方便的尺寸以安放於別人的理論框架中。

5

我在成長過程中，免不了讀過許多春花秋月的詩詞和抒情文。起初十分喜歡那淒涼和綺麗，譬如喜歡「山抹微雲，天黏衰草」、「門掩黃昏，無計留春住」。漸漸覺得掉在感情的泥沼裡，沒有出路。等到自己摸索寫作多年，發現一個知性的聲音，好像走出小橋流水，看見高山大海。於是小心翼翼淡化文字，收斂感情，唯恐多情、縱情、濫情，唯恐堅毅的思想敗壞成眼淚鼻涕的傷感。現在我仍然排斥傷感，仍然追求冷靜清晰的表達，但是二十年學徒訓練之後，今天我從另一條路回到感動的營地：感動的來源是什麼？感動與知識必然對立嗎？知識是否也是一種感動？邏輯是否也是一種感動？科學、哲學、數學，是否也是另一形式的感動？那麼，感動並不那麼惡名昭彰，像鼻涕或糖漿，立即就墮入萬劫不復之中？

暑假中，和一個朋友談到宗教問題。他說：「其實，宗教真正的意義是每人以自己的方式尋求美感，信基督的人在基督教義中找到美感，數學家在數字的秩序中找到美感，物理學家在宇宙秩序中找到美感，作家在文字中找到美感，不同的人以不同的方式，但是尋求的美感是一樣的。」我記得一位朋友對著研究數據做出來的曲線說：「好美！」猶太神學家馬丁・布柏說：「宗教是一種進入的方式。」在我對這些問題不得其解時，豁然才懂了。原來這些問題，都是關係「進入」的方式。像《論語》裡子貢形容孔子高深「不得其門而入」，是進入的問題。而進出首先必須確定門的所在——我知道門在哪裡嗎？

6

拿兩部小說來談：辛蒂亞・歐西克的《普特美瑟文件》（Cynthia Ozick, *The Puttermesser Papers*），講一位猶太女律師成人到死亡的離奇境遇；和查爾斯・非茲爾的《寒山》（Charles Frazier, *Cold Mountain*），講美國南北戰爭時一位南方逃兵徒步返鄉的故事。兩者完全不同，前者充滿高度知性的荒誕和諷刺，全書游弋於整個西方文化的抽象思維之中；而後者是如假包換的寫實，腳踏實地的陳述人的卑微和希望。

兩本我都喜歡。由歐西克的博學縱橫編織的現代神話，和非茲爾徒步大地的蒼涼悲壯，都得到極大樂趣。我一邊樂於接受歐西克導引在知性和神話的宇宙中天馬行空，一邊又慶幸有非茲爾援手幫我降回血肉草木的人間。我不能說一種表現的方式優於另一種。我貪，或者說我民主，樣樣都要。我要抽象到幾乎只有理念而沒有人物的魔幻寓言，同時也要打嗝放屁活生生從人間抓出來的寫實小說。我要眾說喧譁，各行其是，如春秋戰國時代的九流十家。譬如喜歡《紅樓夢》、《包法利夫人》、《帕洛瑪先生》，也喜歡《背海的人》、《厚土》、《公開的祕密》。我拒絕獨尊一家，我拒絕小說成爲僞知識、僞歷史、僞哲學，或是僞社會學、僞政治學、僞語言學，我拒絕文學成爲作家賣弄知性色相的工具。我要求作品不從肚臍眼或屁眼出發，而從肋骨、脊椎骨和腑臟之間出發。

7

假想一個文學座標，由散文和小說構成。

先畫一道水平線，是小說軸，再畫一道垂直線，是散文軸，然後在這座標裡譜出作品的位置。這座標來自一個基本假設：散文和小說各據一端，形成和內容都不同。問題在這假設是否成立。首先，什麼是散文？什麼是小說？以虛實來定義？還是以表現的方式？

我們常以爲散文敘述眞實，小說則是憑空虛構的故事。換句話說，散文的領域是知識，不管是個人經驗或關係歷史、科學，小說的領域則在於想像和虛構。散文和小說的對立，是眞假虛實的對立。從這假設出發，則一個以散文軸和小說軸設立的座標空間裡，其實十分空盪，只有零零星星一些躍出領域，既非散文又非小說，或者說既是散文又是小說的作品，如波赫士的許多短篇、昆德拉《生命中不可承受之輕》、卡爾維諾《看不見的城市》、《帕洛瑪先生》、那巴可夫《蒼白之火》和薩柏德《移民》。這些越界的文種挑戰傳統分類，說明在散文必然的眞，小說必然的僞之間，有種愛戀、角逐的關係。換言之，並不是棋盤上楚河漢界那樣分明。

首先，所謂眞實和虛構的問題。姑不論形式，小說從來是以迂迴曲折之法來表現眞實，因此讀者雖不能在歷史時空中指認小說裡的張三李四，但小可以體會，大則可以認同。這種認同，是作者和讀者的生命知識通過戲劇的演繹而交換。因此，散文和小說眞正的不同，不在於眞假虛實的不同，而在於方式的直接與間接。散文直言其事，可說是開門見山；小說寓實於虛，是琵琶半遮。小說之爲小說，在於其重重的人物道具和機關布景。當小說卸下所有僞裝，便是如假包換的散文。

簡單說，散文和小說，不過是穿衣脫衣的問題。有人從散文的平鋪直敘吸取知識，有人則從小說的虛構模擬著手。小說裡的知識已經化入故事的骨血，無形跡可循，散文裡的知識卻衣冠楚楚，闊步於大庭廣眾之中。而不管是傳統意義的散文、小說，還是散文小說、小說散文，重要的不是分類的標籤，而是它們都在以文字說服。感動是最高形式的說服，不管是以小說爲棋局、爲迷宮、爲數學演繹、爲哲學辨證、爲百科全書，知性的嘆服仍必須臣服於藝術的感動。

8

旅行之前，必須先準備好護照、機票和錢，不然哪裡都去不了。讀者啓程進入小說想像的宇宙時，需要什麼？什麼是進入小說世界的護照和機票？

我想起一則笑話。一人醉醺醺回到家，拿鑰匙開門。對準鎖孔插去，可是那鎖孔一下移到了左邊。他自語：「這門倒新鮮，居然會跑！」鑰匙移到左邊，那鎖孔卻又一下跑到了右邊。他又自語：「怪了，這門到底要跑到哪裡去？」剛好一個路人經過，酒醉的人口齒不清招呼：「這位先生，麻煩你幫忙把這門扶好，它老歪來歪去，害我鑰匙插不進孔去！」那人說：「沒問題，我幫你把房子扶正！」

我們很清楚笑話裡的兩人都爛醉，但是笑話裡人不知。他們不知是門歪了，還是房子歪了。最重要的是，毫不知情問題在自己。鑰匙不對，固然插不進鎖孔。但是如果鎖孔會跑，一樣也插不進。光有鑰匙，並不保證就進得了門。我的問題好像是沒有護照機票，又好像有了鑰匙鎖孔卻會跑。問題是：到底我有多清醒？

卷六

帝國的黃昏

清晨和黃昏裡面，我總比較喜歡黃昏。一因我是夜貓子，早上爬不起來。另一個原因，是我喜歡一日將盡，那種炊煙裊裊的氣氛。工業時代，早就沒有裊裊炊煙了。但夜色將臨，隱約之中，黃昏還是帶著牧童歸去的情調。城市街頭，放學的、下班的，都在回家路上，而家是多溫馨的聯想，夜晚正是全家共度的時光。

一位朋友每到黃昏就莫名的焦躁，要抽菸來排解。我剛好相反，奔騰了一天正好如大河出峽，可以在平原上徐徐展開。丟下焦頭爛額的書籍文章，到廚房去洗菜、聽廣播新聞、料理晚餐、看後院裡的黃昏逐漸加深。友箏更小時，黃昏陪他做功課，落地窗鑲著林後斜陽，天色燦爛，是甜美的記憶。旅行長途開車常昏昏欲睡，但到落日時分精神就又來了。一次開車過阿帕拉契山，正是黃昏，圓融的山頭浴在琥珀色的光裡，充滿了溫暖。黃昏帶著浪漫，那光燦美而不傷。

最近讀莫理斯．柏爾曼（Morris Berman）《美國文化的黃昏》（*The Twilight of*

American Culture），談的是另一種黃昏。不是「人約黃昏後」的黃昏，而是暮色將至，光明漸隱黑暗漸深的黃昏。是諸神的黃昏，光輝的沒落、消逝。

《美國文化的黃昏》說的，是美國極盡巔峰，已在沒落的路上。像中國人說治亂循環，像羅馬帝國盛極而衰，像史賓格勒《文明的沒落》裡闡明的，文化一如生物，必經歷生老病死，美國也難逃黃昏之路。表面上看，一切興興轟轟，工業文明如日中天。在柏爾曼看來，美國已經式微。像羅馬末年，多年的奢侈腐敗已經腐蝕帝國入骨，美國也是，外表興盛繁華，其實唯利是圖、價值淪喪。跡象很多，也很明顯。功利當道，貧富懸殊。拜物之下人文精神消失，個人的素質降低。沒人在乎獨立思考，大家讓市場牽著鼻子走。不管治國還是做學問都像經商，談的不是理想和品質，而是成本和利潤。狂飆似的後現代主義和解構主義在知識的層面上否定了根本價值，否定了知識和求知，世界分解成文本和符號。而彷彿光芒萬丈的民主，事實上只不過是大企業操縱的寡頭政治。物質取代性靈，庸俗取代品質，價格取代價值。這個可口可樂、麥當勞、迪士尼好萊塢和微軟的發源地，是個購買快樂的世界、欲望的樂園。在這裡廣告傳播思想，商場是文化殿堂，個人消失，變成了消費者，變成了群眾意見調查裡的統計數字。陳凱歌曾在《少年凱歌》裡稱文化大革命是群氓運動，換個字，可說現代美國是個群盲社會。

以美國比照羅馬，乍看有點刺眼。然而確實，美國若不是帝國，是什麼？美國固然沒有四出侵略、橫徵暴斂，然而武力並非征服的唯一手段。美國國勢之強，在全球影響力之大，可說史上空前。從二次世界大戰到現在，有辦法的，一心一意往美國跑。留下來的，則致力於從本土複製美國。放眼看，整個地球不過是美國市場，眞正呼風喚雨的不是政府，而是少數財勢敵國的美國跨國企業。美國的地位，正是個如假包換的帝國。而帝國輝煌，卻也可疑。

柏爾曼的「危言聳聽」，讓我想起一些歐洲讀書人。法國詩人梵樂希曾在一篇散文裡，質疑歐洲文化是否已經失去領導世界文化的地位。尼采在《偶像的黃昏》裡，斥責德國已經沒有文化，受酒精、基督教和音樂三大毒藥腐蝕，德國已經不再有哲學家，不再有詩人，不再有可讀之書。幾十年後，赫曼．赫塞在《荒野之狼》裡假藉主角之口，悲嘆偉大的古典文化（譬如莫札特的音樂）消失，讓庸俗的現代文化（譬如爵士樂）取代。草原狼象徵的，是隻身獨對舉世洪流的傲然與孤獨。法蘭克福學派更貶斥工具的理性主義，全面否定資本主義文化，以藝術爲救贖之道。這些人都覺得必須維持自己文化的光輝，正如柏爾曼處心積慮，要從黃昏邊緣挽救美國文化。我不免想：那中國人的文化呢？

《美國文化的黃昏》雖列舉許多例證，畢竟不是嚴密的學術著作。所述與其說是學問，不如說是讀書人的焦慮，像范仲淹「先天下之憂而憂」，那種屬於傳統中國士子的情懷。在柏爾曼筆下，美國已淪落到黑暗時代，文化正在危急存亡關頭。他呼籲有心之士，仿效中古時代的僧侶，以特立獨行的個人努力，肩負起保護和傳遞人文光輝的責任。我好像聽到久遠以前的聲音：「讀聖賢書，所學何事？而今而後，庶幾無愧。」

黃昏已然降臨了嗎？文化是否直線進行還是循環，並無定論。所謂的沒落，有人視為轉化。不管柏爾曼是不是杞人憂天，他描述的美國，正是我日日所見貪婪貧瘠的景象。而因來自東方文化，我不只擔憂美國，更擔憂這個為美國帝國文化吞噬的世界。當年尼采寫《偶像的黃昏》，不下於在山洞裡自說自話。在當今的資訊洪流裡，《美國文化的黃昏》更立刻就被埋葬。仍然，令人欣慰的是，有寫《欲望之國》、《帝國荒涼》和《速食之國》這種揭露眞相的記者，有像維吉尼亞・阿黛爾（Virginia Hamilton Adair）八十三歲出版第一部詩集的美國詩人，有像艾立斯特・麥克・勞（Alistair Mac Leod）這種一年寫一篇優秀短篇小說的加拿大作家，我可以輕聲說：風雨如晦，雞鳴不已。

戰雲下

沒人喜歡我們／我不知道是爲什麼
我們儘管不完美／可是天知道，我們盡了力
處處老朋友都讓我們失望
且讓我們投下那最大一顆炸彈看看會怎樣……

——阮迪·紐曼〈政治學〉歌詞

1

下雪了。小雪密密直落，落在舊雪上。

今年冬多雪，是五年來最多雪也最冷的一年。我燒水泡咖啡，站在廚房看後院裡的雪。草地全白了，小樹林裡敷了薄薄一層白。雪霏霏的下。

下雪是這樣安詳的事。似乎沒有比大寒天裡坐捧熱茶看窗外下雪更溫馨悠閒的事了。即使是下大雪，綿密雪勢駕勁風疾走，仍然，那碎碎紛紛的騷動不減天地間一種無可催趕的從容。雪或快或慢以既定的步調遠近落下，你不能迫它加速，不能叫它不白。雪的獨特在它無可比擬的雍容，無可比擬的白。它君臨天下，有如陽光。

而天色灰白。不是風暴來時那種病奄奄的灰黃灰綠，而只是有點無關痛癢的不灰不白。

雪逕直下。

我已經反常一口氣灌了兩杯咖啡。心情沉重。

這不是風花雪月的季節，不是風花雪月的時代。

2

幾天前我又多喝了茶和咖啡，晚上睡不著，滿腦戰爭的事。幾個題目在腦裡跑：戰火邊緣、戰鼓爲誰敲響、追趕天邊一朵灰雲……，也許這樣開篇：「是灰是黑見仁見智，我看是黑，好大一朵黑雲，一片黑雲，當頭籠罩……」

連想了好幾天，心裡敲打我個人的戰鼓：快寫快寫！在開戰前寫出來！我十分清楚要說什麼，問題是怎麼說。是要追根究柢挖到戰爭／暴力的哲學命題，還是就事論事談美伊？是要出口就慷慨激昂，直衝到底？還是平心靜氣，讓文字慢慢推演，像下雪？

我在睡前的昏昧中漫天亂想，同時不免自覺到小民無力的荒謬和可笑。我是什麼人？不過是個短腿近視的五呎小女子，雖然學歷理想甚高而歷練收入膽量甚低，加上一無搏殺蟑螂的能事，二無開葡萄酒的力氣，三無欺世盜名的天才，哪輪得到我爲戰事睡不著？那是以天下蒼生頭顱爲政治資本開口經手百億千億的當權者的事。我有資格嗎？但是反過來：我沒有資格嗎？當權者的資格哪裡來？

3

問題是戰爭：代價奇昂的暴力手段。尤其不是應戰，而是發動戰爭。

童話故事裡有個大喊：「狼來了！狼來了！」的男孩，這裡是布希不斷大喊：「海珊罪大惡極，不除後患無窮！」即使在故事裡，問題也從來不在狼可不可怕，而在狼來了沒有。

沈從文《邊城》裡的村民，聽說新生活要來而不知所措。他們問：新生活是什麼東西？這裡一個簡單切換便成了：攻打伊拉克又是什麼東西？落後邊城的無知村民不知所以，資訊發達的現代美國人民呢？

問題一：狼來了嗎？

問題二：狼來了怎麼辦？

4

事實上我並沒有爲國事天下事失眠，只是在沉重中睡去，又在沉重中醒來。

每天讀報聽新聞，激憤到要拍桌子：怎麼會是這樣？怎麼能是這樣！

獨在書房廚房客廳對天花板喊話，駁斥政要專家媒體傳聲筒的愚民謊言容易，正襟危坐下筆便不然。不能只談戰爭本身，而必須談美國談國際談政治談經濟談公理正義談人性尊嚴。那紙上談兵的規模讓人振奮，也讓人氣餒：我不要無聲的文字，我不要長篇大論。我要走出家門，到街上加入反戰的人群對高高在上假裝代表民意的政權吶喊。不不不，不是投筆從戎，而是做個親身參與光天化日下和官方威權對峙的街頭公民！

（直追五十的年紀，忽然成了熱血少年。

人生的諷刺？或者，並不那麼忽然？）

5

一月三十日：昨晚布希發表了〈國情諮文〉。先談國內財經問題以安撫人心，緊接談窮人、健保和非洲愛滋病以示仁愛，最後重申海珊邪惡爲正式進兵伊國鋪路。

布希好以正邪簡化爭端，善以耶穌基督粉飾言詞，所作所爲卻在在以民眾和人權爲犧牲。減稅政策做的是一加一等於十一的模糊數學，而一句海珊邪惡就足以爲興兵作戰的口實。

三十一日：《紐約時報》莫琳．道（Maureen Dowd）的專欄以「帝國先出擊」做標題，大大諷刺了一番：華府爲什麼戰鼓震天響？因爲美國要以伊拉克爲先發制人的新政策試刀。

6

歐洲舊帝國主義的餘震到現在仍然不絕，當今帝國怎麼定義？

哈佛大學政治學教授麥克．伊格那提亞夫（Michael Ignatief）不久前在《紐約時報雜誌》上發表〈負擔〉一文，從帝國利益的觀點剖析美國是否應該攻打伊國。他所謂負擔，是帝國的負擔；而所謂帝國，不是建立在殖民、征服和白種人負擔上的舊帝國，而是「建立在自由市場、人權和民主之上，以武力維持的全球霸權，二十一世紀的新帝國。」

換句話說，帝國君臨世界，以全球爲勢力範圍，以天下爲我的大餅，在戰略和經濟上統攝國際。帝國的負擔在於，帝國必須保護弱小，若以世界的民主自由爲己任，那麼問題「不在美國是否太強大，而在是否夠強大。」

伊格那提亞夫論證的前提仍然以美國爲正義之師：美國行使軍力意在幫助他國獨立自主。接受他的前提，那麼這篇文字分析深入，面面俱到。唯獨，他的前提成立嗎？果眞美國是在全世界行善的獨行俠？

7

人類歷史以戰爭寫成，二十世紀尤其殺伐不斷，盡極慘烈。而在這二十一世紀初始，先是凱達分子以九一一掀起恐怖，然後風聲鶴唳下的美國由報復、自衛進而轉向先發制人。不管帝國不帝國、正義不正義、負擔不負擔，發動戰爭需要正當理由。不是片面、獨斷、自欺欺人的理由，不是「我開戰爲正義，你開戰爲侵略」或「我主戰愛國，你反戰不愛國」這種幼稚園程度好人壞人的理由，而必須是充分而且必要的理由，如數學上的充要條件。戰爭應是最後關頭的最後考慮。

美國有什麼充要理由非得和伊拉克生死對決嗎？海珊爲非作歹了十幾年，不是今天開始。而作惡多端、「該死」的小獨裁者多的是，海珊不是唯一。若以具備核武器爲由，那麼自承擁有核武器的北韓才是當務之急。爲什麼單挑伊國？

除非，噓……

8

帝國的算盤必然（也必須）以利害寫成，鈔票和槍砲就可以化功利爲仁義，現實的美國人豈能不明白？然他們怎捨得承認！

九一一後，恐怖攫取了美國整個上下。這種草木皆兵，對美國人從沒有過、根本不可思議的恐懼，粉碎了美國人的伊甸大夢，無形中授政府以近乎無限的權柄以維護國家人民安全。受害者的身分更給美國獨強的身分渲染了血淚色彩，坐實了孤軍作戰的偏執。一向叫囂政府越小越好的當權者遽然膨脹成頂天立地的巨無霸，視憲法和國際公約如廢紙，民權人權丟到一邊，凡是與恐怖組織扯上關係的人一概不受任何法律保障。而志得意滿的當權者微笑保證：「非常時期，非常措施。」「放心，國家會保護你們。」這「國家」是誰？「你們」又是誰？隱含的意義是：或許不知不覺間，保護我們的「國家」一變而成了迫害者，受保護的「我們」卻成了國家的敵人。

爲維繫帝國之尊，美國正急劇蛻化爲民主自由的敵人的嘴臉。

9

美國征服地球最迷人的資本是：自由。以自己爲模型，到處推銷。有趣的是，這招很管用，先就迷倒了美國人自己。美國大眾堅信自己自由，不容許自己更不容許別人懷疑。因爲「自由」，因爲富足，因爲戰火發生在遠方別人國土上，他們蒙昧而馴順，容易受欺，譬如，相信官方言論而盲於自家眼前種種。就某一程度，可說他們享有活在政治神話裡的天眞，劉大任在《紐約眼》裡稱爲「美國人的童眞」。九一一等於爲美國人實行了殘酷的失貞儀式，民眾在煙塵中遽然醒來發現：天啊，「他們」仇視「我們」！

其實，美國兩百年來的民主共和早已名存實亡，質變爲富人當權的寡頭政治和頤指氣使的國際霸權。歷史家凱文．菲立浦斯（Kevin Phillips）在《財富與民主》裡，稱這種富人政治為「金權民主」（plutocracy）。即是，極少數人口壟斷了極多數的社會財富，並利用財勢積極左右政治。九一一的雙層悲劇在於，除了犧牲眾多無辜，動員愛國情緒的負面結果是催化了帝國再一次悄然又迅速的質變：對內，反對黨矮縮成前所未有的侏儒，行政立法掛鉤，滑向政府有權祕密調查逮捕拘禁審問人民的警察國家；對外，擺出「我們的未來不需要別人首肯，我們可以自己來」的倨傲姿態；也就是：「法律為他人而設，唯我一家獨尊。」

兩則耐人尋味的禪宗公案式矛盾：

一、帝國善於推銷自由，對自由主義卻恨之入骨。

二、帝國神經質的兩面：必要時我可以把你化成廢墟的王牌，和唯恐世界不知其威勢的心虛。

10

美國人真的都那樣蒙昧無知嗎？

一九六九年，電影「逍遙騎士」裡出現了一番驚心動魄的話，發自傑克．尼克遜的人權律師角色之口：「說自由和確實自由是兩回事。當你已經讓市場收買了，怎能說自由？若你跟他們說他們不自由，他們會急忙來殺你。若看見一個眞正自由的個人，他們會害怕。」接著他便在睡夢中讓當地人亂棒打死。那整幕戲對那代人眞是當頭一棒。然那一棒比不上美國人自小從學校和媒體而來的灌輸，他們多數相信自己的制度開放公正，視自己國家爲自由鬥士、國際楷模。

三年後，嘲諷歌手阮迪·紐曼則在〈政治學〉歌裡反諷：「……轟，沒了倫敦，轟，沒了巴黎／更多的地方給你也更多的地方給我／而且每個城市，全世界到處／不過就是另一座美國鎮／噢那將多麼和平／我們將釋放大家自由……」輕快的旋律加倍揭出了這種信念的幼稚、霸道和潛在的無限恐怖。

此外，現在一如過去，有詩人、歌手、藝術家擔負起社會良心之責，聯名反戰，像皮諾查的蟋蟀，發出幽微堅決的吟唱。

11

戰鼓急敲，尖銳的哨音大響。

《紐約時報》大字標題：戰爭的火車就要開。你上不上車？

布希大人早就不耐煩了，說：「或者你和我們一邊，或者你不算數。」媒體處處是吹拍他如何精明能幹武勇強悍的糖衣之言。〈國王的新衣〉裡那個大叫國王沒穿衣服的小孩呢？幸好莫琳．道勇於戳破謊言：「我們對海珊發動戰爭因為我們能夠。……我們要開戰因為我們國家記性太短；我們想要反擊敵人，而奧薩瑪太難找了。」馮內果在《在這時代》網路雜誌訪談裡，乾脆斥責布希為：「胡說八道！」

當帝國以睥睨天下的雄姿大張旗鼓，我們這些一人一票仰仗良心、常情、法律和薪水、退休金生活的布衣平民呢？跟著瞎起鬨嗎？問題是：若史家、軍人或政客高掛帝國旗號勢所難免，人民也應仿效嗎？帝國是否代表人民？帝國的利益是否等於人民的利益？人民是否必須認同帝國？換句話說，人民在投票後就完全交付了思考和參與決定國家大事的責任和權利嗎？

12

歷史上，國家曾以仁義之名發動戰爭。且看當年日本以解放東亞的歐美殖民地、建立大東亞共榮圈為藉口，發動侵略戰爭的後果。

大多數經歷二次大戰的美國退伍軍人，包括馮內果和郭爾．以道在內，都相信二次大戰是「好戰」，是正義之戰，也都堅決反戰，尤其是對伊之戰。二次大戰對美國人而言所以是好戰，在於局勢已經黑白分明，美國並非始作俑者，出面不在侵略，而在善後。

對伊之戰不同，海珊再怎麼極權再怎麼「證據確鑿」，「好似」隱藏非法大規模屠殺武器，都代表潛在威脅，出於對情報的詮釋和估測，而非不容置疑的當前具體危機。戰端一旦開啓，兩方死傷必然慘重，而結果目前只有龜甲和茶葉知道：伊拉克未必民主，中東局勢可能更加動亂，而恐怖主義問題絕無絲毫解決。更何況：一，圍堵和禁武政策仍然可行；二，關鍵在解決北韓危機與以色列和巴勒斯坦爭端；三，果眞出兵將是在國際上眾叛親離之下一意孤行。不管是從現實利害或從道德良心判斷，常理和邏輯都指向：不戰。而滿口主耶穌的布希說：「我已經失去耐心了！」諾曼・梅勒因而諷刺：「布希若不出兵大概會吐。」

13

二月六日：美國國務卿柯林・鮑爾到聯合國兜售海珊抗命證據，聯合國慌忙先以藍布遮蓋會議廳牆上畢卡索的反戰名畫「格爾尼卡」。

對付伊拉克，美國官方給的間接理由是：一，海珊威脅美國安全，爲了自保美國需先發制人；二，海珊至惡至邪，不下希特勒；三，海珊在，世界不得安寧。直接理由則是：伊拉克囤積核子和生化武器原料，違反聯合國第一四四一條款。

美國宣稱戰爭目標在於：解除伊拉克武裝。實際目標在更換政權，翻譯出來是：剷除海珊。至於終極目標與必須速速開戰的確實理由？

噓……

那個當局要噤聲的隱語是：石油，是全球流傳的祕密。但若有人這樣公言，便會遭致犬儒之譏。以消費定義自我，視開耗油如長鯨吸水的SUV爲天賦人權的美國人，極不願懷疑布希對付伊國的動機是石油和確保未來連任，急於開戰則因雄兵已布，且亟欲避免炎夏在沙漠作戰。他們不相信自己的總統或政府會低劣到那種程度，卻忙不迭相信全世界的反戰國家是膽怯自私、故意和美國作對。

謎題：當美國政府凡事極端機密，對人民公開的不是言之無物的老調便是粉刷過的片面眞實，爲什麼人民仍一意信任政府？

14

疑難：僞善的大帝國和猙獰的小暴君，誰更可怕？

漢娜・鄂蘭在《論暴力》裡說：「暴力所以仍然存在，是因爲除此人類還沒想出更好的辦法來。」

帝國獨霸地球，有如人類役用萬物：什麼時候帝國知曉恐懼自己，如人類恐懼自身？

嚮往和平的人不敢奢談禁絕暴力和戰爭，但堅信無正當理由，在尚未竭盡和平的努力以前，以宗教情結和意識形態的僞善姿態掩飾私密動機主動挑起戰端，不但不智，而且可恥。

相對國際反戰的聲浪，美國境內反戰的聲音卻恍不可聞。主流媒體對華府和舊金山幾次數十萬人參加的反戰遊行報導少得可憐，而政要大頭的戰鼓喧囂則忠實擴音再擴音。我們每天對新聞慨嘆，不知這大肆叫囂的政府是誰的政府，這一面倒的媒體是誰的媒體，這如脫軌列車的國家將要衝向哪裡。

15

葉慈的詩句：「最好的人欠缺信念／而最壞的人充滿了狂熱。」似乎在空中回響。

小時玩的遊戲上心來：「到站的火車就要開！……哪裡開？台南開！……」現在是：「戰爭的火車就要開！哪裡開？伊拉克開！……」

地球比村落更小，而野心比宇宙更大：我們是一群虱子跳蚤，生活在小於針尖的地球上。在這樣處境，個人該如何思考？

從帝國安危出發？從美國公民身分出發？從地球村村民身分出發？從人出發？

這不是左派右派、激進保守、愛國不愛國的標籤問題，而是如何和平共存的問題。

不能不關心，不能不問，不能不想，在這極冷多雪多憂患的冬天。

16

二月七日：又下了一場大雪，積雪沒脛。窗外大雪紛飛。

暫時，不如丟下文字鏟雪去。

論戰要打，雪也總是要鏟的。

當世界越老越年輕

我們的恐懼遠比希望來得眞切。——梵樂希

年初，我們從佛羅里達回來，從紅瓦屋頂和如夏的陽光回到相對灰暗的紐澤西。已是二〇〇四，我掉進每年初必然的驚恐裡。那驚恐隨年歲級級加深，我滿懷感慨，在這個不知什麼是惆悵天天好風好日的國度。

二〇〇三過去了，終於過去了。對我們來說，是個感觸特別深的年，恐怕對許多朋友也是一樣。去年裡B終於如預期失業了，嘗到領失業救濟金和人求事的屈辱。好不容易才找到事，加入了每天來回通車三小時上班的非人生活。我出了幾本書，在氾濫的文字洪流裡只覺茫然。五月悼念母親的文裡我不由向她描述現今世界的惡形惡狀，寫完覺得太灰色太負面太不健康也太不必要，埋進了檔案裡。好友因婚姻陷入危機，瀕於瘋狂和自殺邊緣。B的大哥R多年來爲生活身心交瘁，去年也到了無生趣難以爲繼的地步。B的雙胞弟弟在失業整整一年後終於找到工作，原本脆弱的婚姻卻也走到了終點。有的朋友還在失業，許多是過一天算一天。此外，美國政府專斷腐敗加上無恥無能，而卻自命正義振振有詞，新聞每隔幾天就上醜聞大餐。台灣熱鬧滾滾，也不過是官場現形記加上拍案驚奇。連許多叫好的中西文學作品，我也讀得寒心。世紀末並無華麗，世紀初也無新機。放眼看去，少有可喜可賀的事（最近美國探測車降落火星是一件），只見人類以超越前代的自信加速重蹈舊誤，競相比賽不負責和不要臉。每天晚餐時，B酒喝得比往常多了一點。我偏沒醉酒的本事，過半杯就大病大吐，無法藉酒高歌，只能清醒目睹一切。這一年裡，我們對世界僅有的一點期望腐蝕殆盡了，憂勞累積變成了鬢邊白髮和眼角的皺紋，原先的激憤現在簡直削尖到了犬儒邊緣。有點像葛林《沉默的美國人》裡那位腐朽墮落的中年英國記者，清醒但不抱奢望，只除性愛和鴉片的撫慰。我們幸好還不那麼腐朽，但心灰了。處處理智尊嚴恍如糞土，只要推銷得出去什麼都可以出賣。面對這樣世界除了勉力過日子，朋友間是相互的嬉笑怒罵混上一小碗祛寒的心靈雞湯。是這樣的一年，顚顚簸簸過去了。

聖誕節一大早，我們四點起床去趕飛機。接送公司的轎車司機是位風度沉靜的印度人，我想和他說點應景節話，畢竟沒開口。天色仍黑，高速公路上只有零星車輛。

我們順利經過機場檢查的道道關卡（我乖乖脫下皮鞋），在登機門口和R一家四人會合。上機時這過去一年的沉重留在了背後——我們要去過節。

我們飛到奧蘭多，從那裡再租車往東開近三小時的路程到棕櫚城。佛羅里達平坦晴朗有如大眼寬臉一無心事的少年，從機場出來就可見的棕櫚樹到那一大片好像燙平了的淺藍天，立刻就是個「不眞」的世界。大道筆直空曠，這裡高速公路速限七十哩，車行其上八十、九十也不過彷如閒步。我們一路飛車，放上特地帶的搖滾音碟，果眞似乎把現實遠遠丟在後面，輕快迎向假期的超現實了。

兩個半小時後，我們駛進公婆居住的門禁社區，在大門口辦了臨時通行證，在兩旁一式房屋的街道上轉來轉去，幾分鐘後，停在了公婆丹和佛羅倫絲的車道上。我們下車展開打折的身體，他們含笑出來迎接擁抱。一年多不見，他們顯得老了。

佛羅里達十天，大半在公婆家裡度過。屋子採光好，高天花板，客廳飯廳廚房一片相通，每早從臥房出來只見滿屋亮光像兌現的承諾從後院大幅瀉進來，照在滿牆的畫和牆邊佛羅倫絲的雕塑上。後院裡有游泳池，以高大的紗網上下四方圍起。每早起床我便到後院看濱臨的人工運河，河邊河上總可見鷺鷥、鵜鶘和多種其他水鳥悠然停駐。兩岸草坪翠綠，一式一樣的人家工整如軍隊，這整個社區像軍營暗藏森嚴之氣。

經常只見鶺鴒低空飛臨水面，然後如炸彈筆直俯衝入水，旋即啣魚而出。談話間若忽然撲通一聲，便知又是鶺鴒俯衝入水了。藍天白雲之下，那一絲不苟的景象讓人生疑：這是哪裡？這是眞的嗎？

每天吃喝閒坐聊天，我們聯手串演幸福家庭歡樂天倫的戲。老故事新故事流來流去，生活裡的得意失意配了滿桌酒肉或咖啡蛋糕，講起來都成了趣事。而過去是最神奇的，搖身一變就成了好聽的故事，越久遠的越好聽，帶來滿屋笑聲。一天早餐後，佛羅倫絲搬出一冊冊厚重的舊相簿，我們無法走避只好面對那些個年輕帶笑的自己，並指給小一輩的說明：「看，這時候你們還沒出生！」多久了？啊，是近二十年前了。我母親仍健在，年輕時漂亮的丹和佛羅倫絲依舊不過中年風采。二十幾年裡絕非一帆風順，這一家人上演的是典型現代故事：搬家再搬家、離婚再結婚、轉行再轉行、生育、生病、死亡、焦慮、失望、旅行、老去……。似乎不會說謊的相片卻異口同聲謊報美好過去，那些年輕生動許多的形影如凝結在琥珀裡的黃金年華，訴說一則又一則的想當年。是的，我們曾經貧窮，然而年輕瀟灑又充滿了活力。這時我們看看彼此寫滿歲月的臉，唏噓：「唉，那時多麼無憂！」自知在生命的貨架上，我們是已遭生活損傷了的瑕疵品。

閒話之外，偶爾也有一點嘲諷和爭辯，是老少間的觀點對抗。一天早餐上，R十四歲的兒子JJ指責父母：你們太神經緊張太苛求太不公平了！譬如他爲吸菸人辯護：「他們也有吸菸的自由！」因此遭到全桌圍攻，即使面對這樣致命的反擊：「吸菸的人有自殺的自由，可是沒有拉別人一起去死的自由！」也毫不退怯。這點初生之勇值得讚許，而且雖然他的論點有許多破洞，至少他在思考，試圖建立自己的觀點。JJ是個典型的現代少年，好吃懶動一身棉軟白肉，不是看電視就是耳插隨身聽搖頭晃腦，平時和死黨日夜在網路日記上披肝瀝膽，並合組了搖滾樂團，想要做搖滾歌手。那些天裡友箏和他難兄難弟如影隨形，絕大部分時間兩人關在房裡癱在床上音量轟耳看無線電視，直到我把他們轟出去。若是出門到海邊或是公園去，他們倆一樣無精打采，JJ是幾步路就喊累要回頭。我不禁罵：「你們這麼排斥有色有香的實在世界，是不是想做『駭客任務』裡那個機器世界裡的人類電池？」

面對友箏和JJ，我不能不想到「駭客任務」現象所透露的意義。「駭客」當初讓人驚豔在於機關布景外似還深藏哲思，賣弄「眞即是假，假即是眞」的東方玄學。嚮往叛逆的年輕觀眾立刻就受那新奇的視覺美學瘋迷（一句「好看！」就好像解釋了一切），覺得撞上了什麼有靈魂有思想的寶貝，感情上理智上徹底被擒服了。彷彿，這套電影代表了針對現代社會的某種診斷、預言和解答。其實「駭客」片商一邊假東西哲學玄學擺出批判科技現實的姿態，一邊卻動用全盤封殺的媒體大軍在全世界造勢（第三集「最後戰役」首創全球同步上映，後來的「魔戒」也起而效法），撈取空前利潤。這是現實世界裡的「眞即是假，假即是眞」，作勢批判的人所批判的正是自己本身（以電影世界等同虛擬迷陣），而這裡皆大歡喜，誰都不需要覺得自打嘴巴而臉紅。那種矛盾眞是觸目，而這是一個前後左右都是矛盾的時代。

聲光化電取代實際之外，還有當政者只要說得出口，謊言就是眞理，私利就是公益的作法，虛擬和現實已經交融，無眞也無假，簡直就像「駭客」世界裡的數位迷陣。而如果世界已經部分虛擬，佛羅里達普遍的門禁社區更可說是追求大觀園那種假伊甸僞現實的典範。然而爲什麼不能一邊憤怒吶喊，一邊又躲進現代烏托邦求阿Q式的精神勝利：「看，我的世界不是非常美好？」改造世界太難了，人畢竟必須自求多福。

每代都感嘆不如前代，每代都在變化中看到絕滅或新生的可能。世界走無數條矛盾的大路小路轟轟前去，沒有一位智者能囊括所有眞理。除了不解和保留一點善意，個人能說什麼？也許換來「你算老幾？」的嘲諷，不如遊戲。那豔陽十天在笑談間很快過去，我們回到了自己不夠明亮的家裡，回到生活必須應付的種種瑣碎負擔裡。寒流來了，氣溫跌到冰點以下，白雪嚴寒，後院好像就是西伯利亞。一天我們收到科羅拉多好友的信，原子筆寫的，附了許多她在墨西哥旅行時攝的相片。電子世界的無價寶，眞的紙手寫的字，而且好幾張！馬丁路德節那天，聽到了她說的一句話：「共產主義忘了個人，資本主義忘了社會。」說得眞好。

一個週末，等我把在佛羅里達攝的數位相片修改過印了部分出來，挑些比較喜歡的貼在卡片裡，著手給朋友回信。很久沒動紙筆剪刀和膠了，那天我又回到了剪刀石頭布金木水火土的有機官感世界，強烈覺得：「這才是眞的！」佛羅里達的相片充滿了陽光，鮮豔到像假的。那回憶已經比幾千哩更遠了，屋外天地封凍是枯枝白雪和堅冰。我著手寫這篇散文，農曆年來了。我放騰格爾的〈黃就是黃〉來聽，在他激昂沉痛到沙啞的歌聲裡，那種多年來以天下爲家的灑脫忽然潰不成軍，只覺脆弱想家，想周圍都是鄉親父老的世界。然後年過了，冬天已開始走向春，但溫度仍凍煞人。在報上讀到，越來越多美國人花大錢去短期出世靜修鍛鍊學習清貧。同時，老人越來越多文化越來越幼稚，世界越老越年輕。到這文章寫成，二〇〇四年的頭一月也就快過完了。

漂浮的座標

——以眼角餘光的角度遙應龍應台

那天吃完晚飯，不知怎麼談到全球化的問題，竟和朋友爭辯到半夜，聲音不自覺越抬越高。他強調全球化爲窮國致富之道，我則專注在全球化手段的激烈霸道和對各國本土文化的破壞。我想的先是台灣，然後是中國大陸。我想到台北處處的Starbucks、麥當勞、7-11，更想到台北、永和滿街店招不是英文就是仿英文，到電影院找不到國片可看，到書店去放眼都是翻譯書，即使是中文書有的也莫名其妙以英文做書名，甚至附帶英文書名。怎麼回事？

我定居美國二十幾年，大約兩、三年回台一次。台灣的景象一年比一年更陌生，越來越有異國之感。彩色高樓多了，大玻璃樓面多了，城市光鮮了，私人轎車多了，馬路上出現了鮮明的路標，機場變成了航空站。市場和媒體統治社會，大家追逐利潤和偶像，自我膨脹。金石堂推出了排行榜，商品的包裝越來越漂亮，店員的態度也慇懃許多，那一聲幾乎可以冒充眞心的「歡迎光臨！」總教我受寵若驚。台語多了，英文也多了，hi 代替你好，bye 代替再見，年輕人出口就是「酷」，街上的黃髮男女是黃皮膚的同胞，人人一支手機。一黨專政結束，解嚴後，報章雜誌暴增，文學跌價，廣播電台有了扣應節目，文章裡動輒出現文本、書寫、論述、顛覆、策略、戀物、後現代這類字眼，小說裡出現了生動的台語詞彙，台灣成了値得凝視探討甚至愛惜的地方，學生開始學到台灣史，同志文學出櫃，大家什麼都敢說，計程車司機和乘客暢談政治。然而同時，台灣仍是台灣。落地一出機場，那潮濕的空氣，環目可見的山巒，處處可見的大廟小廟，大廣告牌上那些巨大的中文字，擠在一起的建築和人潮……；甚至不是這些，單只是心理因素：無論如何，再怎麼改怎麼變，台灣是台灣，到台灣永遠是，回家。

說台灣已經「面目全非」，是說有得有失。任何改變都有雙刃，因爲改變就是破壞。台灣的變在於西化，當初是「中學爲體，西學爲用」，以西方之長補東方之短，走到現今，西化威脅要全盤取代東方。問題不在於台北只有一家紫藤盧，卻有幾十家 Starbucks。Starbucks、麥當勞、可口可樂、Nike 席捲全世界，台灣景觀只是這國際現象的一環，雖然驚心，到底不足爲奇。畢竟，紫藤盧之外還有清香齋、耕讀園和更多我不知的，來自茶的文化的雅店。而就算滿街西餐廳，台灣的西餐廳有自己的格調，西餐也因融入了中餐精神而更好吃，雖然「不道地」。但，我必須承認，兩年前回到台北，看到台大旁就有兩家 Starbucks，著實悚然，乃至憤慨。因爲是台大人，我不禁立即便感情用事覺得：這下台灣眞的變成美國殖民地了。美國到處 Starbucks 已經夠糟了，現在連台北也一樣「等而下之」，眞是斯可忍孰不可忍！這是眞的大驚小怪，因爲台北人似乎很泰然。我自己覺得理由充分。台北人開咖啡館歷史已久，當年我和好友就不知坐過多少家，各有面貌，家家不同，爲什麼要一窩蜂開 Starbucks 呢？更基本的，我鄙視又恐懼連鎖店所代表的反智精神，和它帶來的思想腐蝕：習慣於單一而痲木。

連鎖店，尤其是跨國連鎖店，以身外化身的方式重複單一，除了鑄造單一文化景觀，更鼓吹根本上斲喪想像力創造力比模仿更不如的抄襲和拷貝。連鎖店背後的思考模式是：只要一個想法行得通，就不妨永久大批製造。孔老夫子絕想不到當年說自己的「道一以貫之」，竟在二十世紀通過連鎖店而實現。於是，在連鎖店的老家美國，從東岸到西岸，從南方到北方，不管文化精神有何差異，放眼一看不是連鎖店就是連鎖店，別無選擇。這種炒冷飯的商業哲學表現在電影上是老片新拍、外國片重拍和生產線上不斷推出的續集，表現在出版上是以一種公式製造罐頭暢銷書，譬如那一系列的心靈雞湯，源源不絕的名人回憶錄。美國的矛盾是口口聲聲個人主義、自我表現，實際面貌是沙漠（褻瀆了我喜歡的沙漠！）式的單調，在這文化環境下要同中求異而我行我素，竟似比傳統封建的時代更加罕見。年輕人表面上的標新立異其實也膚淺不過，都有公式可循。絕少眞正的特立獨行，每種不同都有食譜，都是一種品牌。這種罐頭精神藉全球化行銷天下，地球變成了一架巨大的拷貝機，人人成爲照本宣科的傳聲筒，世界「大同」儼然已將實現。因此台北大量的 Starbucks 不免讓我萬分驚恐地想到：台灣是不是也正逐步變成美國一樣的沙漠？台灣已經失去了「我」嗎？

這裡「我」指的是文化自我。而談到文化立即就牽涉到文化內容，跟著就掉進強勢文化弱勢文化霸權論述主流論述非主流論述這類政治性議題裡去。無論用什麼樣的省籍和黨籍標籤，不管說的是台語、國語、客家話、原住民語，生長於台灣的人擁有共同的土地、歷史和命運，如同國際擁有一片天空一個地球。台灣這只包子不管餡的成分多麼細碎複雜，台灣是一個整體。在海外，「台灣製造」意義清晰，有別於香港製造、波蘭製造、墨西哥製造。我的婆婆曾玩笑說：「我的媳婦是 made in Taiwan。」我個人的台灣意義，是我擁有據以攻錯西方的台灣經驗和廣闊的中國文化腹地，中文是我的家和後院，西方是我的前院，我有大門，但是沒有圍牆。而當今台灣的意義是什麼？台灣人自身有個文化的我嗎？還是無窮借貸拼貼西方與東洋？

而西方是什麼？多少年來，民主政治和資本主義一樣，成爲解救天下的萬靈藥，救苦救難的新福音。現代化、民主化、市場化、私有化等觀念，是一個尺碼天下適穿的鐵枷、六親不認的嚴刑峻法。在這一尺碼下，貧弱或陷入危機的國家必須叩頭如搗蒜，以近乎「臣惶恐，臣該死」的卑微接受先進國的聖恩，不得違抗。裡面巨大的矛盾，正是在宣傳自由平等開放同時，強制西方觀點，剝奪國家選擇的自由。尺有所短而寸有所長，急於趕上現代化、全球化高速快車的貧弱國家抄襲的，正是以一付刀叉而丈量天下的教條，是一種冠冕堂皇的現代極權。

幾年前，當我看到一本新出的中文書以英文做書名（英文書名大於中文書名，若我沒記錯），或附帶了英文書名，馬上驚跳起來，問：爲什麼？給誰看的？給國際觀光客嗎？這些書的對象分明是中文讀者，爲什麼需要英文書名？那潛在的讀者若不懂中文書名也就不懂內容，封面體貼地掛上英文根本無濟於事。因此封面上的英文字並不是爲異國人而設，那麼爲誰？是以英文書名來抬高身價？以此來表示這書現代、新潮？這給我的驚恐更甚於滿地麥當勞，因爲書籍直攻心靈。可以說我杯弓蛇影，小題大作。因爲對出版社而言，封面設計放上英文可能純是裝飾，營造活潑的視覺效果而已。但我始終耿耿於懷，覺得在文字和出版大事上這樣作法根本卑躬曲膝，失去了自我的文化尊嚴——我覺得羞辱，不只是我來自台灣，而且因我以中文寫作。封面上的英文並不像台灣衣服印上不通的英文做圖案，那無意義就像美國人穿了印著「走狗」大字、肩上扛著「愛」的字樣刺青——封面上的外文是有心、有意義的，是對英文世界拋媚眼。果眞是全球化的壓力迫使英文走到中文書的封面和商店招牌上嗎？還是台灣人自動投懷送抱、委身示好？我難以想見現在，甚至就算有一天當中文成爲強勢語言時，在紐約、倫敦、巴黎的書店裡看到他們的書籍封面以中文來裝飾。正如，惡於想見到了捷克或西班牙，而卻聽到滿街英文；根本上，惡於看見一個面目同一的世界。

有人說不必擔心，台灣文化兼容並包、多元活潑，是現代的拼貼文化，封面上拼貼上幾個英文字小事一樁，不是說話已經中英夾雜了嗎！然而不管如何拼貼，語文是文化的脊梁，如果語文掉了包，那文化還有自我嗎？台灣的中文不管怎麼國台語客家語英語夾雜，畢竟英文是客，是調味料、染料。中文多年來必須拄著英文的枴杖無可厚非，甚至文句遭受英文文法污染而變得冗長笨拙無可奈何。但果眞丟掉中文無異漂白自己膚色、修改文化基因，調味料變成了原料，染料變成了布匹。就像實行人民投票未必就是民主，投靠英文未必就晉身國際。據守中文不是回到閉關自守，而是保護自己的家，拒絕做文化遊民。可怕的是大家不覺得自己的文字值得護衛，眼看它點滴腐蝕走樣而視若無睹。這樣流年暗中偷換的，豈止是時間而已！

我並不擔心台灣不再是台灣，而擔心台灣的獨特一天天沖淡、失去稜角面目模糊了。每次回到台北，我都感到熙攘之下的蓬勃創意，感到那裡仍有美國還沒征服、全球化還沒完全佔領、統一的地方，還有逃離公式化的國際風景回到化外蓬萊的可能。好友陪我去古鎮，帶我到鶯歌去看新一代的陶瓷，到巷裡感覺上小如錢幣而精巧若眼珠的小店，同時年輕一代的作者寫出自己的聲音和文采。看到了具有台灣特色的設計，不管是從傳統出發，還是借自西方的靈感，都一樣覺得格外高興。我不在尋找舊台灣，而在尋找肯定台灣自我的文化情調，那傲然說「我是台灣」的聲音。

漂流360度

1

二十世紀是漂流的世紀，有人更說二十世紀的文學主要是漂流文學。

什麼是漂流？漂泊？流浪？漂遊？流亡？

當年齊豫高亢的聲音唱〈橄欖樹〉：「不要問我從哪裡來，我的故鄉在遠方，為什麼流浪，流浪遠方……」答案是：為了夢中的橄欖樹。那流浪是為了尋求，哀愁裡帶了甜美的釋放。

流浪的世界何其廣大，沒有流浪就沒有家鄉，沒有鄉愁，沒有那如艾如蜜的折磨。流浪造成了對比：異鄉相對家鄉，漂泊相對定居。異鄉人臉上一抹複雜的微笑，背後是一大片的祖國江山甚至淒涼身世。異鄉人在異地，感嘆流離又抗拒同化，永遠的身在其中心在其外。在身不由己和堅持選擇間拉鋸，異鄉人有點神祕，有點神聖，又有點失落。

異鄉人是個籠統的詞，正如漂流。艾德華．薩依德在〈漂流隨想〉裡區分四種漂流：流放（exile）、移民（emigrate）、移居（expatriate）、逃難。我以爲漂流可大分爲兩種：自願和被迫。自願的漂流如移民、移居（駐外），被迫如逃難和放逐。不管是自願還是不得已，漂流多少帶了詩意，好像遁世或殉道。然而薩依德認爲，對少數人或者成立的這種詩意，放在二十世紀大量的難民和政治流放的人群裡就錯失了漂流眞正的歷史意義：漂流造成大規模的流離失所，它是悲劇，無可美化，無可轉寰。

2

漂流是現代說法，以前是流放、流亡。小時學千家詩，第二首就是孟浩然的〈訪袁拾遺不遇〉：「洛陽訪才子，江嶺作流人。」寫他去看朋友，發現朋友犯罪被發配到江西去了。歷史上有流刑，犯罪重不到死刑就發放或充軍邊疆，有時臉上還刺了字。《水滸傳》裡寫林冲黥面發配邊疆那段，給了我深刻的印象。流刑一點也不詩意，在交通書信不便、強盜野獸疫癘半路伏擊的時代，生離可能就是死別。史上多少文人都走過流放的路，屈原、李白、白居易、蘇東坡、柳宗元……。孤身流落異鄉，恐懼客死異地，那種「西出陽關無故人」的孤絕，是貶謫文人的普遍心情。進了詩詞，是大片大片無法返家的鄉愁，和面對異鄉（不得不）培養出來的豁達襟懷。屈原形容枯槁、行吟澤畔，固然因他滿腹冤屈，也因他離家太遠。李白：「蘭陵美酒鬱金香，玉碗盛來琥珀光；但使主人能醉客，不知何處是他鄉。」艷麗淒涼。納蘭性德寫：「風一更，雪一更，故園無此聲。」去國懷鄉，古代的流放文學大抵是鄉愁文學。

古代文人固然也歷經動蕩、反抗傳統，但他們的世界還小，宇宙仍秩序井然，思想逃不出「天地君親師」的範疇。在那相對單純的價值體系裡，人的位置已經固定，封建政治也不容置疑，沒有與上帝無窮的爭辯，沒有對生命根本的恐慌，知識分子憂讒畏譏，在一定的軌道上思想行動，成時儒家敗時道家，偶爾不平之鳴也仍在那體系裡，不越權不越分，沒什麼離經叛道真正獨特深刻的地方。所謂特立獨行，幾千年裡不過寥寥幾個。

跳到十九、二十世紀，漂流知識分子想的深廣得多。經由異地文化的衝擊，廣的一面他們不獨苦思意識形態、政經體制的問題，深的一面更挖掘什麼是人這一基本哲學命題。劉再復在《漂流手記》裡才有所自覺，跳出一切框架，理解自由，面對了眞正的自己。而廣義來說，漂流未必需要去國離鄉，甚至離家便是漂泊。南台灣的學生北上唸書，也是漂流。文革時代老中青知識分子大量下放，上山下鄉進牛棚，多少人都嘗過漂流，包括劉再復。但《漂流手記》記的是他1989年到了美國頭兩年，頭頂藍天腳踏綠草之後的震撼。美國的自由衝擊他多年來習慣了高呼口號聽從指導如爬蟲類的自己，他覺得極度孤獨失落，不知何去何從。繁華自由的美國一樣充滿了螻蟻似的人，這裡的社會一樣處處是高牆與隙縫。在肉人的世界，他不在中心也不在邊緣，他是一名隙縫人、畸零人。「昨天想逃避沉重，今天卻想逃避輕鬆。」、「既受不了專制，也受不了自由。」也就是，一旦與憧憬多年的自由面面相對，他反而渴望逃避。也許，他思想從沒這麼深刻這麼徹底過。《漂流手記》集中在個人內在的掙扎發現，寫的是自剖的歷程，漂流只是催化劑。輕快又戲謔，自嘲也嘲人，那泛著苦味的坦誠和幽默十分親切，雖然題旨遠比鄉愁重大。

周蕾《寫在家國以外》，以後殖民的觀點寫身為香港人「不是中國人」的悲哀，沒有《漂流手記》的親切和幽默趣味，但從切身體驗和學院訓練出發，裡面的分析闡述比《漂流手記》要深刻一些。當然，這兩本書極不相同，《寫在家國以外》是正襟危坐的學術論文，《漂流手記》卻是一週一篇的個人隨筆，用心和規模一開始就相異，實在不適合擺在一起談。但那種都經歷過殖民——劉再復經歷的是周蕾所謂的「本國極權者的殖民」，周蕾則是英國殖民——與漂流的切身和沉痛，卻是一樣的。劉再復以詼諧的語調敘事抒情，周蕾囿於競技場「學院」不同，只能一板一眼以「敵人」（白人殖民者）的工具（理論和英文）來駁斥仍普遍存在於西方學界的東方主義者和「毛主義者」。這些論文寫於1997年之前，在香港即將「回歸」中國前夕，透過電影、流行歌曲、現代詩等一系列文化現象，探討懷舊、群體以及未來香港人如何爲自己定位的問題。現在香港已脫離英國殖民六年，但周蕾討論的問題跨越時間和種族，一樣存在。

薩依德在《鄉關何處》裡寫一直到1948年以色列建國，大量巴勒斯坦難民湧入開羅，闖入他舒適的視野之內，他才倏然開眼，意會到巴勒斯坦喪國的意義。也許正如我在台灣長大時期，天眞懵懂絲毫不覺島國命運始終在風雨飄搖之中，整座島上盡是漂流人（原住民本省人外省人僑生各以自己的形式在小島上漂流），然後這些漂流人的許多子女又漂流到海外，漂流似乎成了常態。薩依德也是，他後來也漂流得更遠，來到了美國，置身漂流中的漂流，才發現了尋根的重要，才發現西方歷史上極盡普遍極盡歧視異文化的東方主義，不但致力著書立說以破除東方主義，更投身巴勒斯坦建國運動。複雜的是，薩依德本人幾乎純是西方文化教養的產物，他主修西方文學，熱愛西方古典音樂和歌劇，彈得一手好鋼琴。他的巴勒斯坦人身分，來自於血統，而不是其他。正如周蕾界定自己為中國人，薩依德自覺是巴勒斯坦人。在這思想大混血的時代，個人的構成撲朔迷離，血源成了最終界定的方式，一似古早古早以前。只不過，在這舉世交流的時代，漂流彰顯了一項法則：為了向強權爭取公平，個人必須先為自己的「異」正名，然後來談大同。

3

仍然，什麼叫漂流？

美國諷刺作家安柏斯・畢爾斯（Ambrose Bierce）在《魔鬼字典》裡這樣解釋漂流者（exile）：以居住國外來報效祖國的人。當然，他的意思在嘲弄。他輕視國家觀念，認為愛國主義是惡棍的避難所，報效祖國正是卑下可笑的行徑。他的《魔鬼字典》造一般觀念的反，對語詞常做出奇的解釋，他的漂流因此不是懲罰也不可悲，反而值得喝采。

有人說生命本身便是漂流。出生由溫暖的子宮掉進冰冷的世界，是人的第一次漂流。離家獨立，可看做一種漂流。基督教文化裡亞當夏娃遭驅逐出伊甸園，後代子孫只有永恆漂流追逐最初的伊甸。藝術家、思想家或知識分子自外於流俗，想常人之所不想，做常人之所不做，敢常人之所不敢，也是一種精神上的漂流。還有以文學創作便是一種漂流的說法。從時間的角度，既然人不斷失去過去，我們都在短暫的人生裡漂流。但漂流意義太廣便失去意義。還是應該回到比較狹義的，身不由己的漂流，譬如逃難和政治放逐。

美國作家威廉·高斯生在美國住在美國，卻也討論漂流。他在〈論漂流〉裡諷刺在金錢至上的社會，漂流就是到了沒法做生意的地方。又說漂流不只是空間的，也是時間的。離開了童年，便是漂流。最後他提到一種特別的漂流：語言上的漂流。他認爲語言已經腐化、浮爛，失去了原來的意義。語言的詩意已經流失，那充滿意義的語言已經離我們而去。如何回到眞實的語言？這種漂流越出了一般人的理解和關心，特屬於作家。

又則，漂流爲什麼可悲？流浪和旅行並不可悲，雖然一樣是離家，一樣是居無定所。漂流的可悲和不可欲，暗示了對舊事物毫無保留的眷戀、認同，和對新事物一視同仁的恐懼、排斥。中國史上的夷夏大防、漢胡之分，就是觀念上輕視和抵禦外來事物。逃難或放逐將個人由熟悉的時空中生生拔起，丟到陌生的土地上去從頭再來。人是習慣的動物，是傳統的動物，土地、習俗和記憶、親朋這千絲萬縷織成了個人自我的這一小塊現實。這些經緯一旦拆散，個人的一角布料空剩下單絲一條線時，那藉以定義「我」的據點沒有了，不但原來那塊結實多彩的料子不再存在，自己也喪失了意義。所以從前的人安土重遷，所以愛斯基摩人不離開冰天雪地的北極圈，貝都因人不離開熾熱的撒哈拉沙漠，而納瓦荷族人最傷心的就是被迫離開故土，堅信只有在祖先的土地上，才會農牧茂盛、子孫安樂。因爲習慣和傳統構成了自我的座標，紮紮實實站在時空裡。

從習慣的角度來看，漂流正是逸出舊習慣舊知識，好像到了伊甸園外，美麗舒適的花園被充滿未知威脅的蠻荒所代替。這種不安和恐懼，放在二十世紀大量遷徙和移民的範疇裡，除了必須在一個完全陌生的地方白手起家之外，還包括了突然失去自己的語言，跌落在一片無意義的噪音之中，從語言的國度掉到非語言的國度，成了聾子和啞巴。這種文明的失去、身分的跌落，好像從歷史的光圈裡掉落到了史前的黑暗中，那震撼應該不下於失去家國和財物。從這角度，漂流很大意義在於語言的漂流。你在一個全新的語言環境裡，聽不懂看不懂，簡直是半個廢人。在這樣情況下徒手起家不只於外在的建設，更是內在的。像《茶花女》一張口就暴露她的卑下，必須口含卵石一個子音一個母音夜以繼日才能踏足上流腔調的康莊大道進入社會，你必須重新學習異國語言，從裡面建立一套新的表意系統，一字一句的爬進異國國境。這過程的羞辱和辛苦，絕對不輸於無財無勢和無依無靠。

《漂流手記》裡也提到重新學習英文的辛苦，但劉再復沒有深入討論這種語言的剝奪怎麼影響到他在美國頭兩年的心境。裡面有篇〈語狂〉，廣義來說類似高斯所謂語言上的漂流，談到語言成為口號，宰制大眾的思想言行。也就是，不只我說語言，語言也倒過來說我。西方哲學家早就注意到「語言說我」這現象，但是像在極權社會語言墮落成政治工具、窄化成口號標語，那種經由語言的放逐而到思想痲痺，心靈的漂流早已遠超過時空的漂流。唯獨，這種「語言說我」的現象，並非只在極權社會才出現，在民主社會裡一樣產生，不同在鑄造口號的途徑和方式。

4

漂流是一種心境，還是外在現實？只要背井離鄉就是漂流嗎？就像我曾在〈旅人的眼睛〉裡問：人能不離家而旅行嗎？現在我問：人能不離鄉而漂流嗎？

在這交通發達的時代，美國小說家彼得．吳爾夫那種「你再也不能回鄉」的說法已經不見得成立。奈波爾便嘲笑現代人既然隨時都可以回鄉，放逐的說法實在誇大了。在這經常國內國外來來去去的情形下，漂流還剩下什麼意義？對游牧民族而言，有沒有所謂的漂流？有世代漂流的民族，如吉普賽人。有定居異國而拘守一己文化不下漂流的如猶太人。安定必然是人類生存的常態嗎？從狩獵到畜牧到農耕，綁在土地上守住田產並不是人一向的生活方式。

我在漂流嗎？我家街口便是巴士站，最近這些年來總是拉丁美洲人在那裡等車，早上、下午、深夜，大太陽下或冷風冷雨裡，總看得見他們或站或坐或斜靠站牌，深色皮膚鄉氣面孔，耐心的等車。給附近鄰居割草的工人，也多是拉丁美洲人。看見他們，我深深覺得他們才是在漂流。相較之下，我定居這裡，有家有車有親有友，雖然遠離家鄉，嚴格來說，我不在漂流，也不覺得在漂流。我說英文，讀英文，想英文，夢英文，定居這裡，用筷子吃白飯，隨時可以和台灣的家人朋友聯絡，怎麼是漂流？許多年前我還聽國語歌和國樂，現在我聽世界各民族的音樂。我已經跳出了鄉愁，從所有我覺得動人的文化裡汲取養分。我游弋於大世界，不再積極界定「我」和「他」，而是尋求「我們」。因此有時，我簡直不太懂得漂流的心情。

當初我到美國，寂寞有一點，可是更多的是興奮。我來求學，來看大世界。我是這塊土地上的外來人，帶著天眞無知面對一切。有想家的時候，大多時間我享受前所未有的自由。是在這裡我才開始長大，眞正開始思想。是在這裡我想的東西越過了中國人這一界限，看見了種族，看見了歧視，看見了不公，看見了資本主義式民主的強橫和僞善，然後又在單一思想經濟形態統一全球將大家五官消除乾淨時，回頭看見了民族文化的意義。我急切要以現代而不失純粹的中文寫作，急切要尋找那深厚的中華文化遺產，急切要理解中國人的意義。因爲我看見屬於中華的一切都在急劇西化，成爲西方的殖民而自以爲趕上時代。正如周蕾在《寫在家國以外》裡所說，西方雖未經由佔領對中國（大陸）人直接殖民，那種間接殖民反而是帝國主義侵略征服最好的證據。我恐懼已經沒有所謂中華文化，而只有中國版本的西方文化。除了筷子，中華文化還剩下什麼？而，中華文化是什麼？這些，大多住在台灣的人並不需要想，因爲他們不在漂流，他們相信還在自己的土地上，做自己的主人。

我深切覺得，若不是來到美國，而且定居下來，通過美國這帝國之眼觀看世界（全球爲我之魚肉，如整個生物界爲人類之魚肉），我的思想可能停留在台灣、中國這象限裡而飛越不出去。一旦我離開鄉土，故鄉和他鄉一樣，都是「距離」以外的東西，都成了比較和思考的對象：既流動（可以批評），又恆定（可以鄉愁）。我變成了他者，也就是局外人。只有在這局外人的意義上，我在漂流。永遠以外來者的眼光衡量一切，永遠處於比較和批判的角色，不管是對母文化還是他文化。拒絕同化，也就拒絕歸屬。無所歸屬帶來了飄零之感，這是漂流內在的「悲劇性」。但同時，無所歸屬表現了個人思考先於順服的尊嚴和優越。如果一個人不依托庇於歸屬感這種心理狀態，漂流正是鍛鍊、充實個人最好的機會，把人由「群」中還原到「己」，像劉再復那樣「思我思」，尋求「心靈的孤本」。所謂漂泊，便是剝去舊鱗片，變成了赤裸裸的自己；不是中國人也不是美國人，而是超越了種族、宗教、國籍、性別、階級，丟棄標籤和框架，成爲，人。

然則，角落裡有個聲音說：可能只是做人嗎？正如黑人在白人社會裡漂流、同性戀在異性戀間漂流、回教徒在基督教徒間漂流、開放先進的人在封閉保守的社會裡漂流，思想喜好的差異不斷創造意識部落或文化族群，大家都在框架裡或框架外漂流。我們都不只是單單純純的人，而卻一身上下掛滿了形容詞掛滿了名牌和標籤。在這碎裂的文化織錦上，似乎只有無盡孤立寂寞的大圈圈、小圈圈和更小的圈圈，而沒有超越一切、共同的那個，「人」。

這樣的話，誰不漂流？

（注：本文爲《和閱讀跳探戈》一書〈不爲夢中的橄欖樹〉一文之前身，更詳盡敘述深層的漂流之味。）

智慧田系列── 強烈的生命凝視，靜默的生命書寫，深深感動你的心！

001七宗罪 ◎黃碧雲 定價200元
懶惰、忿怒、好欲、饕餮、驕傲、貪婪、嫉妒，是人的心靈蒸發，黃碧雲重量級的小說。南方朔、楊照、平路聯合推薦。中國時報開卷一周好書榜、聯合報讀書人每周新書金榜

002在我們的時代 ◎楊　照 定價220元
懷著激情、充滿理想，凝聚挑戰和希望的此刻，楊照觀點、感性理解，爲我們的時代打造一扇幸福的窗口。

003時習易 ◎劉君祖 定價200元
用中國古老的智慧，看出時局變化，李登輝總統的易經老師，爲我們找到亂世生存的智慧密碼。

004語言是我們的居所 ◎南方朔 定價250元
台灣第一本語言研究之書，從古老的、現代的、俗語、流行語來探討我們所存在社會語言的知識性與歷史性。誠品書店推薦誠品選書

005突然我記起你的臉 ◎黃碧雲 定價180元
在生命裡總有一些時刻教我們思之淚下，或者泫然欲泣，就像突然記起一個人的臉。聯合報讀書人每周新書金榜、中國時報開卷一周好書榜

006星星還沒出來的夜晚 ◎米謝·勒繆 定價220元
我是誰？從何而來？向何處去？一場發生在暴風雨後的哲學之旅，開啓你思想的寶庫。榮獲1997年波隆那最佳書籍大獎，小野、余德慧、侯文詠、郝廣才、劉克襄溫柔推薦

007世紀末抒情 ◎南方朔 定價220元
在主體凋零的年代中，我們應該成爲擁有愛和感受力的美學家。這本書所分享的是如何跨過挫折和焦慮，讓荒旱的心田迎向抒情、感性與優雅。

008知識分子的炫麗黃昏 ◎楊　照 定價220元
在歷史的狂濤駭浪中，知識分子的情操在世界的角色是如何？在楊照年少的靈魂裡又對改革者有什麼樣的期許與發聲？

009童女之舞 ◎曹麗娟 定價160元
曹麗娟十五年來第一本短篇小說，教你發燙狂舞，愛情在苦難中得以繼續感人至深！公共電視將同名小說改編成電視劇集，引起熱烈迴響。張小虹、李昂等名家聯合眞誠推薦

010情慾微物論 ◎張小虹 定價220元
張小虹在文化研究的漂亮出擊，革命尚未成功，情慾無所不在！聯合報讀書人每周新書金榜、中國時報開卷一周好書榜

011語言是我們的星圖 ◎南方朔 定價250元
語言可以說成許多譬喻，它是人的居所、也是一張標示思想天空的星圖。南方朔語言之書第二本獲中國時報開卷版一周好書榜

012烈女圖 ◎黃碧雲 定價250元
從世紀初的殘酷，到世紀末的狂歡，香港女子的百年故事，一切都指向孤寂，最具代表的命運之書。本書榮獲中國時報開卷版1999年度十大好書！

013我一個人記住就好 ◎許悔之 定價200元
考究雅致的文字書寫，散文的極品，情感的極品。

014二十首情詩與絕望的歌 ◎聶魯達/詩 李宗榮/譯 紅膠囊/圖 定價200元
本世紀暢銷數百萬冊的情詩聖經，年輕的聶魯達最浪漫與愛意濃烈的詩作，透過李宗榮華麗溫柔的譯筆，紅膠囊的圖畫，陳文茜專序強烈推薦，是你選擇情詩的最佳讀本。

智慧田系列——強烈的生命凝視，靜默的生命書寫，深深感動你的心！

015有光的所在 ◎南方朔 定價220元
當世界變得愈來愈無法想像，唯有謙卑、自尊、勇敢這些私德與公德的培養，才會讓我們免於恐懼。本書獲明日報讀者網路票選十大好書、誠品2000年Top100、中國時報開卷版一周好書榜

016末日早晨 ◎張惠菁 定價220元
當都會生活的焦慮移植在胃部、眼神、子宮、大腦、皮膚、血管……我們的器官猶如被我們自身背叛了。文學評論家王德威專文推薦，中國時報開卷版一周好書榜、聯合報讀書人每周新書金榜

017從今而後 ◎鍾文音 定價220元
書寫一介女子的情愛轉折，繁複而細膩烘托出愛情行走的荒涼路徑，全書時而悲傷、時而愉悅，把我們帶進看似絕望，卻有一線光亮的境地。中國時報開卷版一周好書榜

018媚行者 ◎黃碧雲 定價220元
寫自由、戰爭、受傷、痛楚、失去和存在，黃碧雲的文字永遠媚惑你的感官、你的視覺、你的文學閱讀。

019有鹿哀愁 ◎許悔之 定價200元
將詩裝置起來，一本關於詩的感官美學，一本關於情感的細緻溫柔。詩學前輩楊牧特別專序推薦

020剎那之眼 ◎張　讓 定價200元
高濃度的散文，痛切的抒情，戲謔的諷刺，從城鎮、建築、小路、公路、沙漠等我們存在的世界一一描摹，持續張讓微觀與天問的風格作品。本書榮獲2000年中國時報開卷十大好書獎

021語言是我們的海洋 ◎南方朔 定價250元
南方朔的語言之書第三冊，抽絲剝繭、上下古今，道出語言豐碩的歷史與文化價值。本書榮獲聯合報讀書人2000年最佳書獎

022鯨少年 ◎蔡逸君 定價200元
新詩得獎常勝軍蔡逸君，以詩般的語言創造出大海鯨群的寓言小說，細細密密鋪排出鯨群的想望與呼息。

023想念 ◎愛　亞 定價190元
寫少年懵懂，白衣黑裙的歲月往事；寫「跑台北」的時髦娛樂，乘坐兩元五毛錢的公路局，怎樣穿梭重慶南路的書海、中華路的戲鞋、萬華龍山寺、延平北路……

024秋涼出走 ◎愛　亞 定價200元
原刊登於中國時報人間副刊「三少四壯集」專欄，內容環繞旅行情事種種，人與人因有所出走移動，繼而產生情感，不論物件輕重與行旅遠近。愛亞散文寫出你的曾經。

025疾病的隱喻 ◎蘇珊・桑塔格　刁筱華/譯 定價220元
美國第一思想才女的巔峰之作，讓我們脫離對疾病的幻想，展開另一種深層思考。本書獲聯合報讀書人每周新書金榜，中國時報開卷一周好書榜

026閉上眼睛數到10 ◎張惠菁 定價200元
張惠菁在時間與空間的境域裡，敏銳觸摸各種生活細節，摸索人我邊界。本書獲聯合報讀書人每周新書金榜，中國時報開卷一周好書榜

027昨日重現——物件和影像的家族史 ◎鍾文音 定價250元
鍾文音以物件和影像紀錄家族之原的生命凝結。本書獲聯合報讀書人每周新書金榜，中國時報開卷一周好書榜、誠品選書

智慧田系列——強烈的生命凝視，靜默的生命書寫，深深感動你的心！

028 最美麗的時候 ◎劉克襄　定價220元

《最美麗的時候》爲劉克襄十年來之精心結集。隨著詩和畫我們彷彿也翻越了山巔、渡過河川，一同和詩人飛翔在天空，泅泳在溫暖的海域，生命裡的豐饒與眷戀。

029 無愛紀 ◎黃碧雲　定價250元

本書收錄黃碧雲最新兩個中篇小說〈無愛紀〉與〈七月流火〉以及榮獲花蹤文學獎作品〈桃花紅〉，難得一見的炫麗文字，書寫感情生命的定靜狂暴。

030 在語言的天空下 ◎南方朔　定價250元

南方朔語言之書第四冊，將語言拆除、重建，尋找埋在語言文字墳塚裡即將消失的意義。

031 活得像一句廢話 ◎張惠菁　定價160元

如果你想要當上五分鐘的主角；如果你貪婪得想要雙份的陽光；你想知道超級方便的孝順方法；你想要大聲說這個遜那個炫；你想和時間耍賴……請看這本書。

032 空間流 ◎張　讓　定價180元

在理性的洞察之中，滲透著漸離漸遠的時光之味，在冷靜的書寫，深刻反思我們身居所在的記憶與情感。

033 過去——關於時間流逝的故事 ◎鍾文音　定價250元

《過去》短篇小說集收錄鍾文音1998至2001兩年半之間的創作。作者輕吐靈魂眠夢的細絲，織就了荒蕪、孤獨、寂寞與死亡，解放我們內心深處的風風雨雨。

034 給自己一首詩 ◎南方朔　定價250元

《給自己一首詩》爲〈文訊〉雜誌公布十大最受歡迎的專欄之一，透過南方朔豐富的讀詩筆記，在字裡行間的解讀中，詩成爲心靈的玫瑰花床，讓我們遺忘痛楚，帶來更多光明。

035 西張東望 ◎雷　驤　定價200元

雷驤深具風格的圖文作品，集結近年創作之精華，一時發生的瞬間，在他溫柔張望的紀錄裡，有了非同凡響的感動演出。

036 共生虫 ◎村上龍　定價220元

《共生虫》獲得谷崎潤一郎文學賞，這本描繪黑暗自閉的生命世界，作者再一次預言社會現象，可是這一回不同的是我們看見對抗僞劣環境的同時，也產生了面對未來的勇氣。

037 血卡門 ◎黃碧雲　定價250元

黃碧雲2002年代表作《血卡門》，是所有生與毀滅，溫柔與眼淚，疼痛與失去的步步存在。

本書獲聯合報讀書人好書金榜

038 暖調子 ◎愛　亞　定價200元

愛亞的《暖調子》如同喚起記憶之河的魔法師，一站一站風塵僕僕，讓我們游回暈黃的童年時光，原來啊舊去的一直沒有消失，正等著你大駕光臨。

039 急凍的瞬間 ◎張　讓　定價220元

張讓散步日常空間的散文書《急凍的瞬間》，眼界寬廣，文字觸摸我們行走的四面八方，信手拈來篇篇書寫就像一座斑駁的古牆，層層敲剝之後，天馬行空也有發現自我的驚奇。

040 永遠的橄欖樹 ◎鍾文音　定價250元

行跡遍及五大洲，橫越燈火輝煌的榮華，也深入凋零帝國，然而天南地北的人身移動有時竟也只是天涯咫尺，任何人最終要面對的還是如何找到自己存在的熱情。

041 語言是我們的希望 ◎南方朔　定價260元

語言之書第五冊，南方朔再一次以除舊布新之姿，爲我們察覺與沉澱在語言文化的歷史與人性。

智慧田系列——強烈的生命凝視，靜默的生命書寫，深深感動你的心！

053讓我們一起軟弱 ◎郭品潔 定價200元

美國文壇最重要的文化評論者與作家蘇珊・桑塔格，在《疾病的隱喻》一書中說：遲早我們每個人都會成爲疾病王國的公民……本書便是來自那「再也無法痊癒歸來之王國」，最慷慨的呼籲與請求——讓我們一起軟弱。

054語言之鑰 ◎南方朔 定價380元

南方朔多年來沉醉的語言研究，在語言被歪曲的烽火之地，《語言之鑰》依然對我們生命的居所發出璀璨明亮光芒，讓我們得以在本書中找到閉鎖心靈的入口。

055愛別離 ◎鍾文音 定價380元

鍾文音歷時五年的長篇小說《愛別離》，五個移動者的生命祭文，直逼情慾燃燒的臨界點，堪稱愛情史詩的大感傷之作。

056到處存在的場所 到處不存在的我 ◎村上龍 定價220元

村上龍八個短篇小說刻劃各個人物特有的希望，那不是社會的希望，也不是別人可以共同擁有，是只屬於自己，不可思議的，可以「自我實現」的希望。

057沉默。暗啞。微小。 ◎黃碧雲 定價250元

無法相信，就必然來到這個沉默空間的進口。我永遠不知道他想給我說甚麼。那暗啞的呼喊永遠只是呼喊。在黑暗裡我可以聽。聽到所有角落發生的，微小事情。三個中篇故事呈現黃碧雲獨特的小說空間。寫和舞。

國家圖書館出版品預行編目資料

當世界越老越年輕／張讓著. ──初版. ──臺北
市：大田出版；知己總經銷，民93
面；　公分. ──(智慧田；058)

ISBN 957-455-712-X(平裝)

855　　93011545

智慧田058

當世界越老越年輕

作者：張讓
發行人：吳怡芬
出版者：大田出版有限公司
台北市106羅斯福路二段79號4樓之9
E-mail:titan3@ms22.hinet.net
http://www.titan3.com.tw
編輯部專線（02）23696315
傳真（02）23691275
【如果您對本書或本出版公司有任何意見，歡迎來電】
行政院新聞局版台業字第397號
法律顧問：甘龍強律師

總編輯：莊培園
主編：蔡鳳儀
企劃統籌：胡弘一
美術設計：純美術設計
校對：陳佩伶／耿立予／余素維／張讓
製作印刷：知文企業（股）公司．(04)23595819-120
初版：2004年（民93）8月30日
定價：新台幣 220 元

總經銷：知己圖書股份有限公司
（台北公司）台北市106羅斯福路二段79號4樓之9
電話：(02)23672044．23672047．傳真：(02)23635741
郵政劃撥：15060393
（台中公司）台中市407工業30路1號
電話：(04)23595819．傳真：(04)23595493

國際書碼：ISBN 957-455-712-X /CIP:855/93011545
Printed in Taiwan

廣告回郵
北區郵政管理局登記證北台字11049號
免貼郵票

大田出版有限公司　編輯部收

地址：台北市106羅斯福路二段79號4樓之9

電話：（02）23696315-6　傳真：（02）23691275

E-mail：titan3@ms22.hinet.net

地址：..

姓名：..

TITAN
大田出版

智　慧　與　美　麗　的　許　諾　之　地

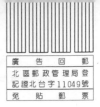

＊請沿虛線剪下，對摺裝訂寄回，謝謝！

閱讀是享樂的原貌，閱讀是隨時隨地可以展開的精神冒險。

因爲你發現了這本書，所以你閱讀了。我們相信你，肯定有許多想法、感受！

讀 者 回 函

你可能是各種年齡、各種職業、各種學校、各種收入的代表，
這些社會身分雖然不重要，但是，我們希望在下一本書中也能找到你。

名字／＿＿＿＿＿＿＿＿ 性別／□女 □男　出生／＿＿＿年＿＿＿月＿＿＿日

教育程度／＿＿＿＿＿＿＿＿＿＿

職業：□ 學生　□ 教師　□ 內勤職員　□ 家庭主婦
□ SOHO族　□ 企業主管　□ 服務業　□ 製造業
□ 醫藥護理　□ 軍警　□ 資訊業　□ 銷售業務
□ 其他＿＿＿＿＿＿＿＿

E-mail/＿＿＿＿＿＿＿＿＿＿＿＿＿＿ 電話/＿＿＿＿＿＿＿＿

聯絡地址：＿＿＿＿＿＿＿＿＿＿＿＿＿＿＿＿＿＿＿＿

你如何發現這本書的？　　書名：當世界越老越年輕

□書店閒逛時＿＿＿＿＿書店 □不小心翻到報紙廣告（哪一份報？）＿＿＿＿＿

□朋友的男朋友（女朋友）灑狗血推薦 □聽到DJ在介紹＿＿＿＿＿＿＿＿

□其他各種可能性，是編輯沒想到的＿＿＿＿＿＿＿＿＿＿

你或許常常愛上新的咖啡廣告、新的偶像明星、新的衣服、新的香水……
但是，你怎麼愛上一本新書的？

□我覺得還滿便宜的啦！ □我被內容感動 □我對本書作者的作品有蒐集癖

□我最喜歡有贈品的書 □老實講「貴出版社」的整體包裝還滿 High 的 □以上皆非 □可能還有其他說法，請告訴我們你的說法

＿＿＿＿＿＿＿＿＿＿＿＿＿＿＿＿＿＿＿＿＿＿＿＿＿＿＿＿

你一定有不同凡響的閱讀嗜好，請告訴我們：

□ 哲學　□ 心理學　□ 宗教　□ 自然生態　□ 流行趨勢　□ 醫療保健
□ 財經企管　□ 史地　□ 傳記　□ 文學　□ 散文　□ 原住民
□ 小說　□ 親子叢書　□ 休閒旅遊 □ 其他＿＿＿＿＿＿＿＿

一切的對談，都希望能夠彼此了解，否則溝通便無意義。
當然，如果你不把意見寄回來，我們也沒「轍」！
但是，都已經這樣掏心掏肺了，你還在猶豫什麼呢？
請說出對本書的其他意見：

大田出版有限公司編輯部 感謝您！